我的第一本
韓語課本

全新・初級篇

全MP3一次下載

http://booknews.com.tw/mp3/9789864542857.htm

iOS系統請升級至 iOS13後再行下載，下載前請先安裝ZIP解壓縮程式或APP，
此為大型檔案，建議使用 Wifi 連線下載，以免占用流量，並確認連線狀況，以利下載順暢。

前　言

《我的第一本韓語》系列是專為第二語言或以外語學習韓語的學習者編寫的教材。尤其本書是為了讓時間、空間上受到限制而無法接受正規韓語教育的學習者們可以自學所企劃的。《我的第一本韓語》系列初版發行後，長期以來受到讀者的喜愛與支持，在全球翻譯成各種語言，擔任韓語學習教材領頭羊的角色。這次體現最新文化、修訂例句並完善練習題的修訂版得以出版，身為作者的我感到非常有意義。期許每位想學韓語的學習者，透過《我的第一本韓語》系列可以在有效學習韓語的同時享受學習過程。

系列中《我的第一本韓語課本【初級篇】【QR 碼行動學習版】》是專為初次接觸韓語的學習者，為了讓他們能更輕鬆、有趣地學習所策劃的。比起艱澀困難的語法說明，提供基礎且核心的文法解說並以視覺化方式提示所有學習內容，讓學習者可以輕鬆理解語言使用脈絡並加以應用。藉由書中小提醒與附錄進行補充說明，讓學習者即便是自學也能熟悉初級韓語。此外，透過簡單明瞭的對話內容、實用表現與初級句型，讓學習者可以運用日常生活中的生活必備韓語。

《我的第一本韓語課本【初級篇】【QR 碼行動學習版】》大致分成韓文字母四課、正課二十課以及附錄。韓文可藉由視聽資料與聽力練習題，系統化熟悉韓文字母的構成與發音。正課可多樣化接觸日常生活必備的 40 個主題、情境，階段性學習初級詞彙與文法，還可於各種情境裡透過對話和實用表現，確認書中使用詞彙、文法的脈絡。每一課最後收錄的文化資訊也能提升學習者對韓國文化的理解。關鍵句型速記收錄正課出現過的 40 個初級核心句型，現實生活中，學習者可以使用這些句型，立即活用本書上學到的韓語。

編寫這本書的過程中受到許多人的關愛與協助。首先，我要感謝幫助我抓出本書框架並設定方向的已故 Sung-Hee Kim 老師，還有針對細部內容細心給予指教的 Sung-Min Oh 老師及 Eun-Jung Kim 老師。我還想感謝以韓語學習經驗為基礎，協助譯出簡潔明瞭譯稿的譯者 Jennifer Lee。還有，在初版協助校正文法與發音的 Stephanie Speirs、協助校正韓文字母發音的 Bonnie Tilland、協助校正文化內容的 Esther Cho 以及本書收尾階段時給予建議的 Seok-Young Park 和 Christopher Barnes。負責初版英語校稿的 Tyler Lau 與 Eugene Lee、負責這次修訂版英語翻譯的 Isabel Kim Dzitac，多虧他們的付出，這本書才有辦法完美呈現在讀者面前。也多虧他們的參與和熱情，得以提升本書的完成度。再次向這些人致上誠摯的謝意。

此外，我還要向過去出版作業過程中，懷抱耐心等待的多樂園已故 Hyo-Seop Chung 會長、鄭圭道社長以及希望將本書做成一本優良書籍而費力勞心的編輯部與設計師致上謝意。最後，我想謝謝一直守護在寫作的女兒身旁，總是為我祈禱的母親以及曾支持我寫作，已回歸塵土的父親。

吳承恩

韓文字母

本書一開始先用一段引言和四個章節來介紹韓文字母，為了易於學習和閱讀，依據其獨特的發音特點把子音和母音做分組歸類。

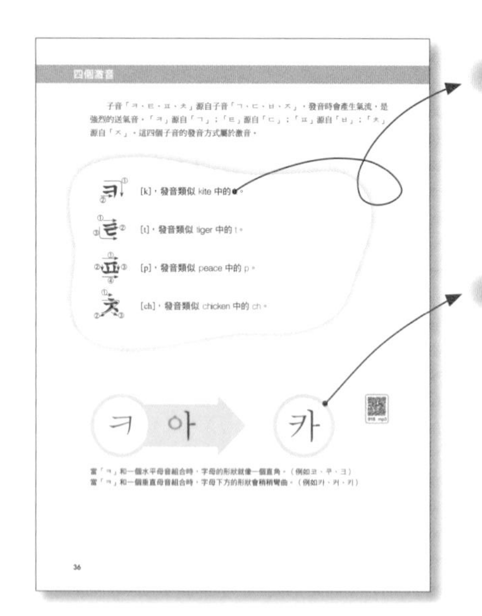

介紹學習目標

詳細說明書寫韓文的方法、每個子音和母音的發音，以及和這些韓文相近的英語發音。

聽音檔學發音

左邊圓圈裡面的字母是要學習的重點，箭頭裡是已經學習過的音節，當兩個字母結合在一起，就會形成右邊圓圈裡新的音節。聽音檔發音時，會先發箭頭內的音節，之後再發出右邊圓圈的音節。每組會各發音一次。

單字

在該課學習到的字母會在這裡組合起來，形成不同的辭彙。這裡會用插圖輔助說明該詞彙，從音檔中可以聽到每個單字朗誦兩遍。

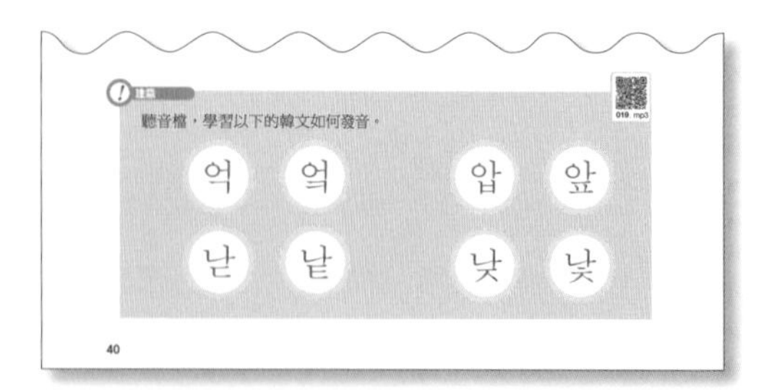

注意

這個部分是為了讓學習者簡單學習看起來相似但發音不同的音節，或是不同音節但發音相同的詞彙。你可以透過音檔聆聽發音。

正　課　本書正課內容分為二十課，每一課都有相配的主題和文法。由於本書主要目的是教文法，會先涵蓋最常使用的文法句型。

▶ **關鍵句型和文法**：這個部分用主題句介紹新的文法。

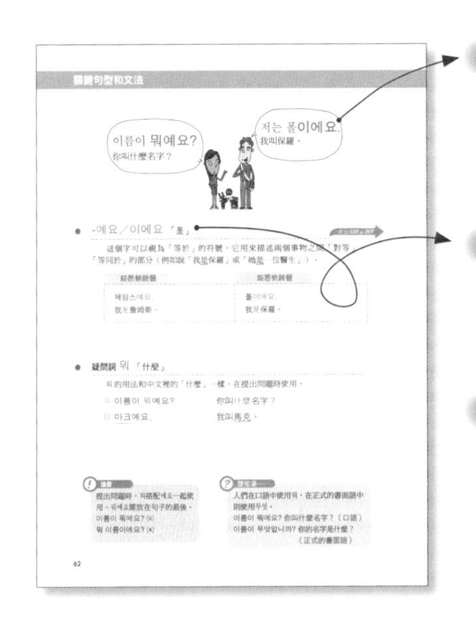
關鍵句型和文法

이름이 뭐예요?
你叫什麼名字？

저는 폴이에요.
我叫保羅。

● -예요／이에요「是」

這個字可以視為「等於」的符號，它用來描述兩個事物之間「對等」「等同於」的部分（例如說「我是保羅」或「她是一位醫生」）。

제임스예요.
我是詹姆斯。

폴이에요.
我是保羅。

● 疑問詞 뭐「什麼」

뭐 的用法和中文裡的「什麼」一樣，在提出問題時使用。

A 이름이 뭐예요?　你叫什麼名字？
B 마크예요.　我叫馬克。

提出問題時，뭐搭配예요一起使用，뭐예요需放在句子的最後。
이름이 뭐예요? (o)
뭐 이름이에요? (x)

人們在口語中使用뭐，在正式的書面語中則使用무엇。
이름이 뭐예요? 你叫什麼名字？（口語）
이름이 무엇입니까? 你的名字是什麼？（正式的書面語）

62

本課主題

每一課的學習目標都以圖片搭配短句的方式呈現，為學習者提供適當的用法和情境，這些表現可以套入不同的句子中。

文法解說

文法以簡單的方式解釋，並附有易於理解的範例。

注意！

這一部分用來提醒特別容易出錯的地方。

想知道…

這一部分加強說明較難懂的概念和特殊的用法。

▶ **對話**：對話部分介紹本課主題和主要文法重點。音檔中會朗誦一遍對話。

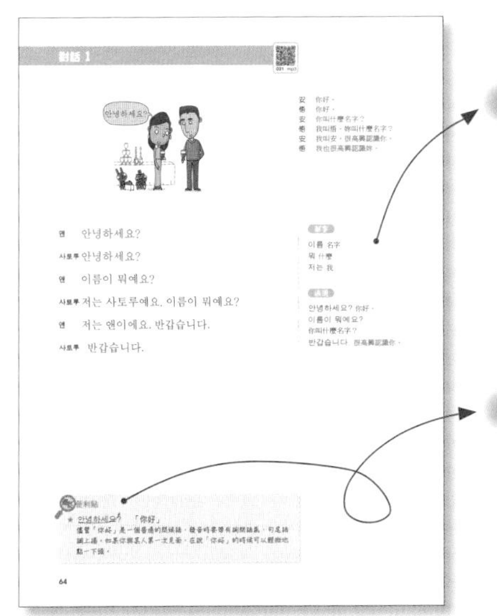
對話 1

안녕하세요?

앤　안녕하세요?
사토루 안녕하세요?
앤　이름이 뭐예요?
사토루 저는 사토루예요. 이름이 뭐예요?
앤　저는 앤이에요. 반갑습니다.
사토루 반갑습니다.

安　你好。
悟　你好。
安　你叫什麼名字？
悟　我叫悟。妳叫什麼名字？
安　我叫安。很高興認識你。
悟　我也很高興認識妳。

이름 名字
뭐 什麼
저는 我

안녕하세요? 你好。
이름이 뭐예요? 你叫什麼名字？
반갑습니다 很高興認識你。

★ 안녕하세요?「你好」

64

單字和表現

這邊提供新單字與單字中文翻譯，以及對話中的表現與其中文翻譯。

會話便利貼

「會話便利貼」提供更詳細的解說，不僅只是解說文法，還幫助學習者充分理解短句與表現的含意。

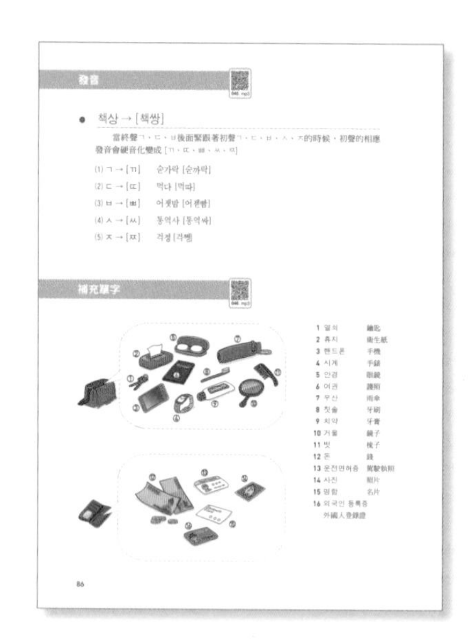

發音

● 책상 → [책쌍]

當終聲ㄱ、ㄷ、ㅂ後面緊跟著初聲ㄱ、ㄷ、ㅂ、ㅅ、ㅈ的時候，初聲的相應發音會硬音化變成 [ㄲ、ㄸ、ㅃ、ㅆ、ㅉ]

(1) ㄱ → [ㄲ]　숟가락 [숟까락]
(2) ㄷ → [ㄸ]　먹다 [먹따]
(3) ㅂ → [ㅃ]　어젯밤 [어젣빰]
(4) ㅅ → [ㅆ]　통역사 [통역싸]
(5) ㅈ → [ㅉ]　걱정 [걱쩡]

補充單字

1 열쇠　鑰匙
2 휴지　衛生紙
3 핸드폰　手機
4 시계　手錶
5 안경　眼鏡
6 여권　護照
7 우산　雨傘
8 칫솔　牙刷
9 치약　牙膏
10 거울　鏡子
11 빗　梳子
12 돈　錢
13 운전면허증　駕駛執照
14 사진　照片
15 명함　名片
16 외국인 등록증　外國人登錄證

86

發音

這個部分介紹對話中具有代表性的發音原則或特別難發音的單字。請聽音檔跟著一起練習。

補充單字

這個部分提供與主題有關，或是對練習有用的補充單字。

實用短句

提問

A 這個用英文怎麼說？

A 這個用韓文怎麼說？

實用短句

這一部分包含了和本課主題相關的短句，儘管這些短句可能會涉及到陌生的文法，但都是日常生活中十分頻繁使用的用法。為了幫助讀者學習，也特地加上插圖說明這些短句。

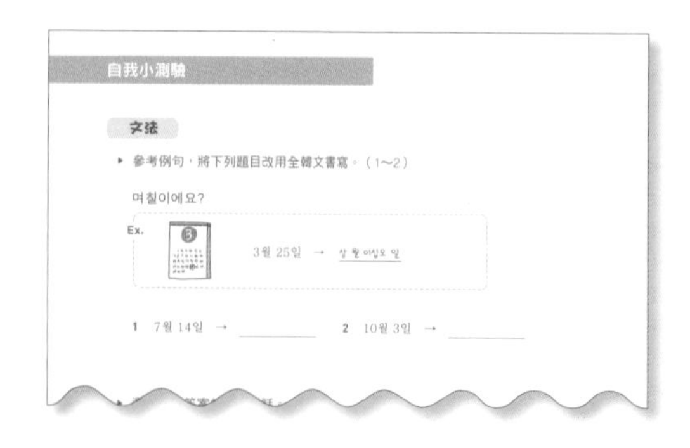

自我小測驗

文法

▸ 參考例句，將下列題目改用全韓文書寫。（1～2）

며칠이에요?

Ex. 3월 25일 → 삼 월 이십오 일

1 7월 14일 → ________　2 10월 3일 → ________

自我小測驗

由三個小部分組成：文法、聽力和閱讀。讀者能夠在完成每一課的學習後進行自我測試。

目錄

教材結構

章	內容提要	
韓文字母介紹	韓文簡介與如何書寫韓文	
韓文字母 I	■六個單母音：ㅏ, ㅓ, ㅗ, ㅜ, ㅡ, ㅣ	■五個單子音：ㄱ, ㄴ, ㅁ, ㅅ, ㅇ
韓文字母 II	■四個和[y]結合的雙母音：ㅑ, ㅕ, ㅛ, ㅠ	■五個單子音：ㄷ, ㄹ, ㅂ, ㅈ, ㅎ
韓文字母 III	■兩個單母音：ㅐ, ㅔ；兩個雙母音：ㅒ, ㅖ	■四個激音：ㅋ, ㅌ, ㅍ, ㅊ
韓文字母 IV	■七個雙母音：ㅘ, ㅝ, ㅙ, ㅞ, ㅚ, ㅟ, ㅢ	■五個硬音：ㄲ, ㄸ, ㅃ, ㅆ, ㅉ

課	主題	題目	文法	
1	問候語	안녕하세요? 저는 폴이에요.	■예요/이에요 ■補助詞은/는	■疑問詞뭐和어느 ■國家和國籍
2	工作	아니요, 회사원이에요.	■네/아니요 ■提出問題	■省略句子的主語 ■語言
3	對象	이게 뭐예요?	■이/그/저 ■主格助詞이/가	■疑問詞무슨和누구 ■所有格
4	地點	화장실이 어디에 있어요?	■있어요/없어요 ■疑問詞어디	■地方助詞에 ■地點、場所
5	關係	동생이 몇 명 있어요?	■있어요/없어요 ■量詞	■固有數字 ■疑問詞몇
6	電話號碼	전화번호가 몇 번이에요?	■漢字數字 ■疑問詞몇 번 ■漢字數字的唸法	■電話號碼的唸法 ■이/가 아니에요
7	生日	생일이 며칠이에요?	■日期的唸法（年、月、日） ■~요일	■疑問詞언제和며칠 ■時間助詞에
8	日常生活	보통 아침 8시 30분에 회사에 가요.	■時間的表達方式 ■地方助詞에	■疑問詞몇 시和몇 시에 ■表示時間的助詞~부터~까지
9	交通	집에 지하철로 가요.	■期間 ■疑問詞어떻게和얼마나	■表示地點的助詞~에서~까지 ■表示交通方式的助詞(으)로
10	買東西	전부 얼마예요?	■價格的唸法 ■名詞주세요	■疑問詞얼마 ■助詞하고
11	一天的工作	어디에서 저녁 식사 해요?	■하다動詞 ■頻率	■地方助詞에서 ■助詞하고
12	愛好	매주 일요일에 영화를 봐요.	■現在時制非格式體尊待形-아/어요 ■提出建議	■受格助詞을/를 ■（名詞）은/는 어때요?
13	健康狀況	머리가 아파요.	■現在時制狀態動詞-아/어요的描述性用法 ■助詞도	■안否定句
14	旅行	지난주에 제주도에 여행 갔어요.	■過去時制非格式體尊待形動詞、形容詞-았/었어요 ■最高級제일	■表一段期間的동안 ■使用보다 더進行比較
15	計畫	내일 한국 음식을 만들 거예요.	■未來時制非格式體尊待形動詞-(으)ㄹ 거예요	■못否定句
16	約會	같이 영화 보러 갈 수 있어요?	■-(으)ㄹ 수 있다/없다 ■-(으)ㄹ게요	■-(으)러 가다/오다
17	幫忙	미안하지만, 다시 한 번 말해 주세요.	■-아/어 주세요	■確認資訊的-요?
18	推薦	저도 한국어를 배우고 싶어요.	■-고 싶다 ■表達試圖做某事的-아/어 보다	■用-지 않아요?表達疑問「不…嗎？」
19	搭計程車	그 다음에 오른쪽으로 가세요.	■命令形-(으)세요 ■格式體尊待形-(스)ㅂ니다	■疑問句的省略
20	預定	성함이 어떻게 되세요?	■主語尊待	■聽者尊待

內 容 提 要	
■十個終聲：ㄱ, ㄴ, ㄹ, ㅁ, ㅂ, ㅇ, ㄷ, ㅅ, ㅈ, ㅎ	
■四個終聲：ㅋ, ㅌ, ㅍ, ㅊ	
■兩個終聲：ㄲ, ㅆ	■雙終聲：ㄵ, ㄶ, ㄼ, ㅄ, ㄺ, ㄻ

	情 境 1	情 境 2	韓國文化大不同
	詢問某人的名字	詢問某人的國籍	不要說「你」！
	猜猜某人的職業	詢問某人的職業	不同情境使用不同語言
	詢問東西的名稱	詢問那是誰的東西	韓國人喜歡說우리
	詢問方位	電話詢問某人住家的方位	首爾的景點
	詢問某人個人物品	詢問某人的家庭狀況	家族稱謂
	詢問某人的電話號碼	詢問並確認電話號碼	計算年齡
	邀請某人參加生日宴會	祝賀某人生日快樂	韓國的生日宴會
	談工作	談學校	韓國的問候語
	詢問做某事要多長時間	詢問交通方式	首爾的大眾運輸
	點餐	買火車票	不成文的付帳規定
	談日常工作	談頻率	用雙手表達尊重
	談嗜好（韓國電影）	談嗜好（韓國美食）	「韓流」
	詢問朋友的健康狀況	聽別人的症狀	常用的回答：괜찮아요
	詢問某人的旅遊情形	談觀光	有趣的觀光勝地
	制定計畫	談計畫	送禮物
	建議一些活動	拒絕某人的提議	謙虛是美德？
	電話確認約會的位置	請打電話的人稍等	第一次和某人說話
	建議別人學韓文	推薦美食跟旅行地點	「情」的文化
	搭計程車	指引方向	什麼時候必須講敬語？
	電話預定餐廳	透過電話預定飯店	特殊節日的食物

韓文字母介紹

韓文簡介

韓文字母（한글）是由世宗大王與一群學者在1443年創造的，並於1446年開始推行。韓語的書寫系統至今仍使用韓文字母。在此之前，在書寫口說韓語時會使用傳統的中文漢字，而中文漢字只能透過多年的深入學習才能掌握（也因此只有文人學士才會使用漢字）。韓文字母因為下面這些原因而成為了一種獨特的書寫系統。儘管韓文是一套字母系統，但它是以音節的形式書寫，而不是一個字母接著一個字母地單獨書寫。母音和子音的形狀呈現了在發音時每個音所經歷的自然生理過程。也許韓文字母最大的優點是，它簡單到對任何人來說都很好學。還不相信嗎？正如韓國人所說的：「시작이 반이다（開始是成功的一半）」。那麼，我們開始吧。

韓文中的母音

韓文中的母音象徵著各種自然現象，母音是由以下元素構成的：「・」（代表上天／天空），「ㅡ」（代表土地／大地）「ㅣ」（代表人）。例如，「ㅣ」和右邊的「・」組成了「ㅏ」。目前，韓文共有 21 個母音。

韓文中的子音

「ㄱ, ㄴ, ㅁ, ㅅ, ㅇ」是韓文的基本子音，每個子音的形狀都描繪出發音時舌頭／嘴唇／喉嚨等發音器官的位置。例如，子音「ㄴ」來自舌頭輕輕抵住上顎，而「ㄴ」的形狀是為了描述舌頭在那個位置上。目前，韓文共有 19 個子音。

如何組成音節？

在韓文中，每個音節必須包含一個母音，因此可以這樣說，每個音節是圍繞一個母音而組成的，其中這個母音可以和一個或兩個子音結合。

接下來讓我們來看看組成音節的方法吧，V 代表母音（Vowel），C 代表子音（Consonant）。

1　**母音獨自組成音節（沒有子音）：**
包括兩種母音：垂直母音（書寫時母音位在右邊），和水平母音（書寫時母音位在下面）。

V　　아　　우

2　**一個子音和一個母音同時出現，子音先發音：**
書寫在音節的第一個子音叫做初聲。

CV　　나　　누

3　**一個母音和一個子音同時出現，且音節末端搭配終聲（子音）：**
書寫在音節末端的子音叫做終聲（받침：bat-chim），以便和初聲相區分。

V
C　　안　　운

4　**一個母音位於兩個子音中間：**
音節組成方式為子音＋母音＋子音。重要的是，接在母音後面的子音若有兩個，可以拼寫在一起，但終聲只會發七個代表音中的其中一個音。

CV
C　　난　　눈　　밖　　닭

＊要注意，儘管多數情況下，音節中只有一個終聲，但偶爾會有雙終聲出現。

如何書寫韓文？

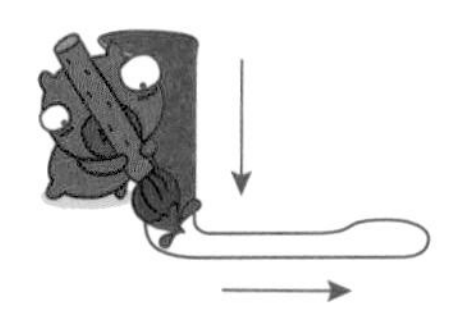

書寫韓文音節時，應該遵循兩個原則：第一，從上到下書寫；第二，從左到右書寫。

英語單字在韓文中如何發音？

韓文發音的一個通則是，母音可以單獨發音，但子音不可單獨發音。如果沒有搭配母音，子音不能獨立構成一個音節。用韓文書寫或唸英語單字時，因為是用韓語拼寫外來語，所以轉為韓語發音的外來語單字必須符合韓文音節架構的規則。例如：「love」，用英文來看是「l（子音）o（母音）v（子音）e（母音）」，轉為韓語單字時會寫成「ㄹ（子音）+ㅓ（母音），ㅂ（子音）+ㅡ（母音）→러브（love）」。不過，像「skirt」這樣的單字，英文是由一個母音「i」和四個子音「s、k、r、t」共同組成，直接轉為韓語會變成「ㅅ（子音）ㅋ（子音）ㅓ（母音）ㅌ（子音）」。為符合子音不可單獨發音的規則，子音須搭配母音組成一個音節。因此「ㅅ（子音）搭配ㅡ（母音）構成스，ㅋ（子音）搭配ㅓ（母音）構成커，ㅌ（子音）搭配ㅡ（母音）構成트」，所以「skirt」的韓語會變成三個音節「스커트」。

在下面的四個章節中（韓文字母 Ⅰ～韓文字母 Ⅳ），我們將具體地介紹韓文中的子音和母音，以及它們如何結合在一起構成音節。

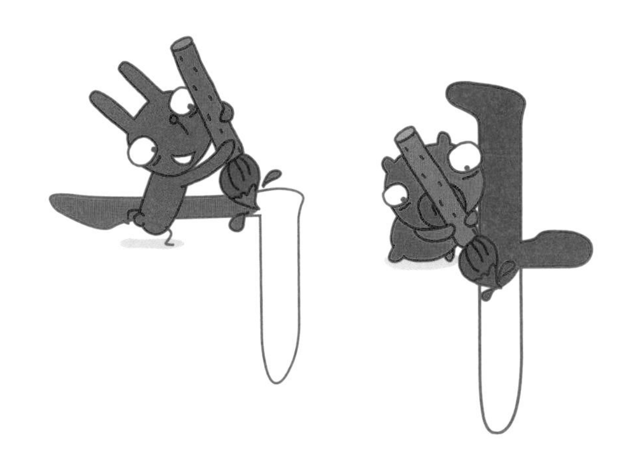

韓文字母 I

- 六個單母音 ㅏ ㅓ ㅗ ㅜ ㅡ ㅣ
- 五個單子音 ㄱ ㄴ ㅁ ㅅ ㅇ

六個單母音

以下是六個單母音：

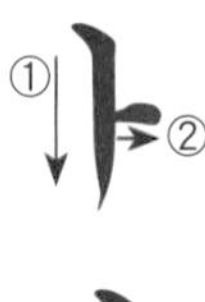

[a]，發音類似 father 中的 a。

[eo]，發音類似美式英語 honest 的 o，或英式英語 top 中的 o。

[o]，發音類似 go 中的 o。（但更接近西班牙語 hola 的 o）。

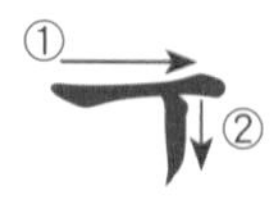

[u]，發音類似 who 中的 o。

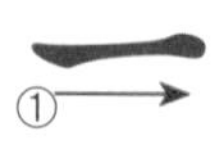

[eu]，發音類似 taken 中的 e 。

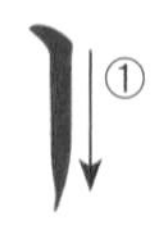

[i]，發音類似 teeth 中的 ee。

● 不發音的「ㅇ」

韓文中，音節可以僅僅由一個母音（沒有子音）組成，可是為了書寫音節時的方便，需要在母音前面加上不發音的「ㅇ」，以替代缺少的子音。「ㅇ」的作用就類似英文中有時並不發音的字母「y」，像「year」這個字，「y」就是不發音的。

垂直母音和水平母音

由基本形符「ㅣ」衍生而來的「ㅏ, ㅓ, ㅣ」這樣的母音叫做垂直母音，由「ㅡ」衍生而來的（即「ㅗ, ㅜ, ㅡ」）母音叫做水平母音。母音和子音或不發音的「ㅇ」組合在一起時，垂直母音放在初聲（或不發音「ㅇ」）的右邊，水平母音則放在下面。

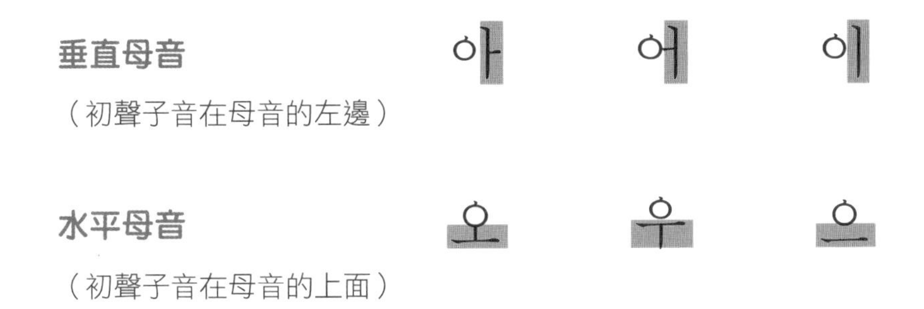

嘴唇張開的程度和舌頭的位置可以區分不同母音的發音。請看下圖並且模仿一下。

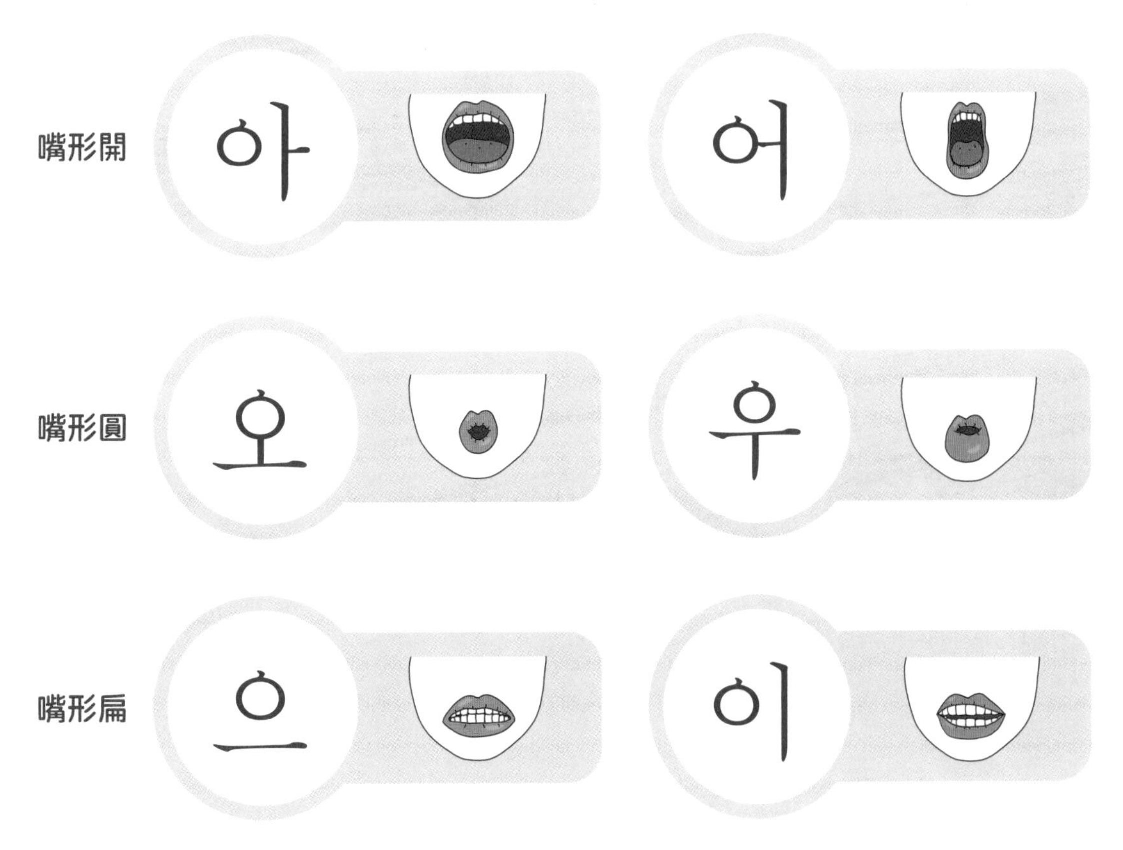

牙齒	이	이	이
二	이	이	이
五	오	오	오
小孩	아이	아이	아이
小黃瓜	오이	오이	오이

五個單子音

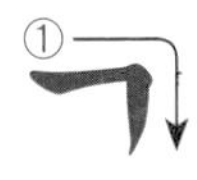

[k]，發音類似 pick 中的 k。
[g]，發音類似 good 中的 g。

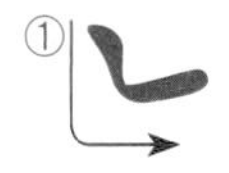

[n]，發音類似 no 中的 n。

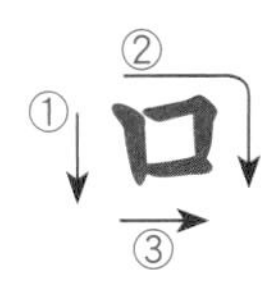

[m]，發音類似 mom 中的 m。

[s]，發音類似 sad 中的 s。
[sh]，發音類似 sheet 中 sh。

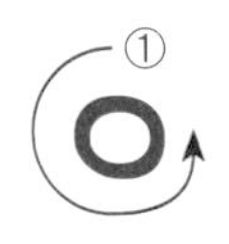

羅馬拼音寫作[Ø]，擺在初聲位置時不發音。

子音發音

如上所述，基本子音的形狀模仿了發音器官（舌頭、嘴唇、喉嚨）在發這個子音時的形狀。

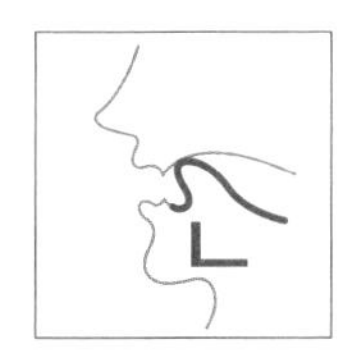
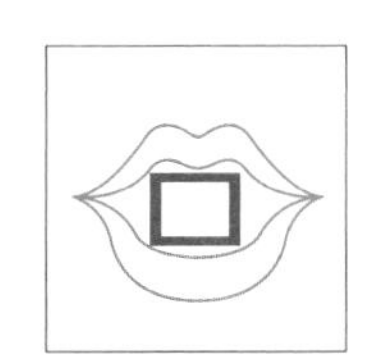
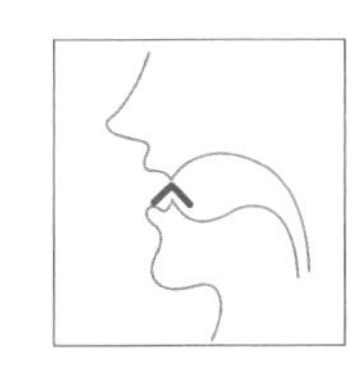
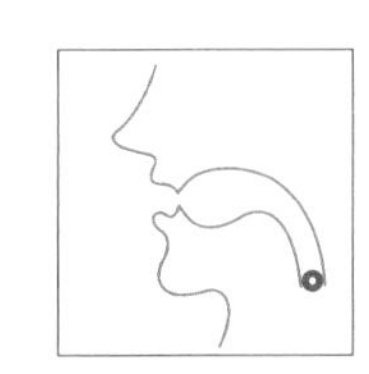

「ㄱ」（[k] 或 [g]）的形狀模仿了這個子音發音時舌頭的位置。

「ㄴ」（[n]）的形狀模仿了這個子音發音時舌頭的位置。

「ㅁ」（[m]）的形狀模仿了這個子音發音時張開的嘴唇。

「ㅅ」（[s] 或 [sh]）的形狀模仿了這個子音發音時空氣流過的位置。

「ㅇ」的形狀模仿了喉嚨打開的形狀。

子音和母音組合在一起時，用一個子音代替不發音的「ㅇ」。

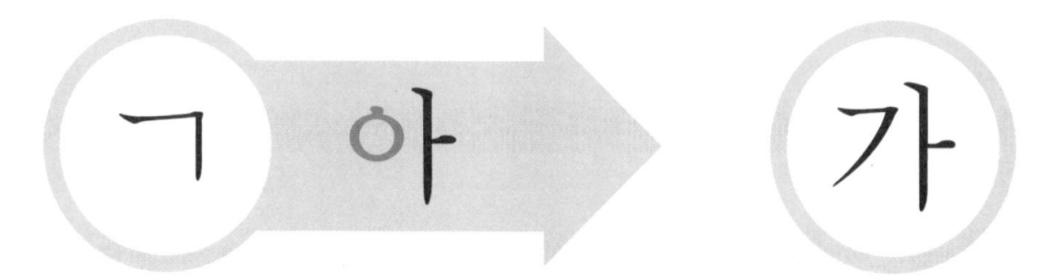

當「ㄱ」和一個水平母音組合時，字元的形狀就像一個直角。（例如고, 구, 그）
當「ㄱ」和一個垂直母音組合時，字元下方的形狀會稍稍彎曲。（例如가, 거, 기）

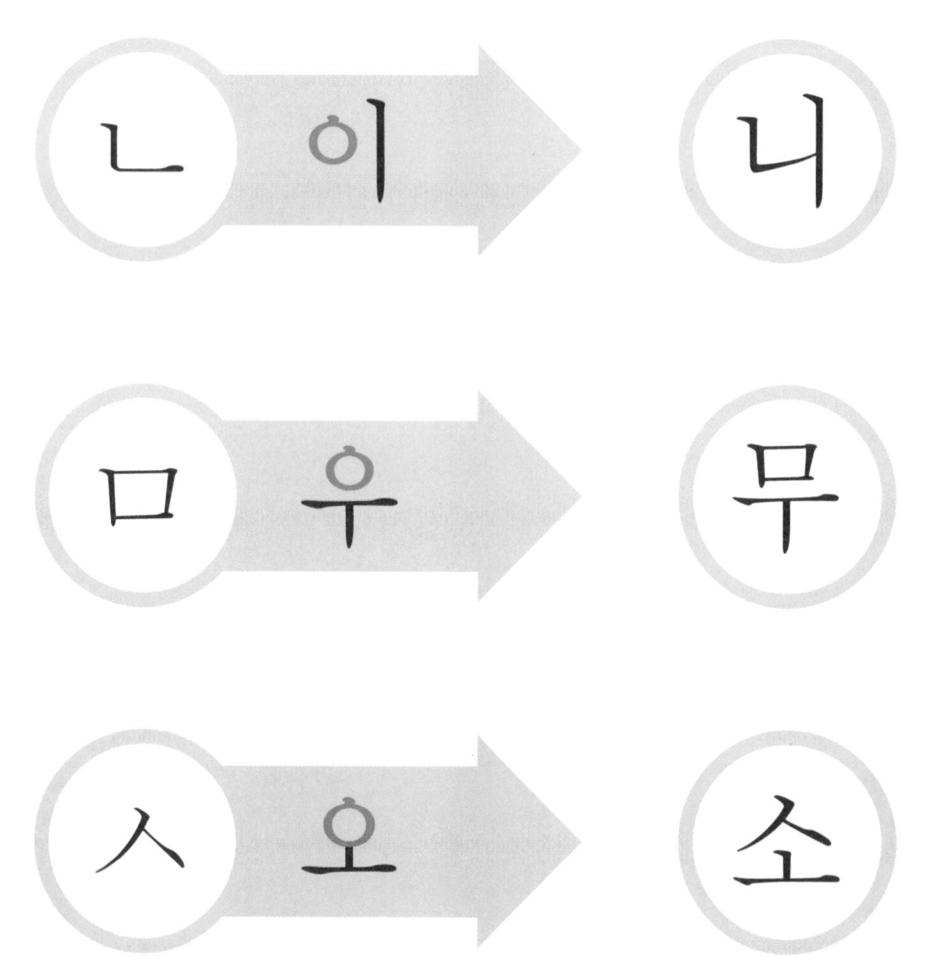

當「ㅅ」和母音「ㅣ, ㅑ, ㅕ, ㅛ, ㅠ」組合時，ㅅ的發音類似於 [sh]。

나무

나무

樹

고기

고기

肉

소

소

牛

나이

나이

年齡

어머니

어머니

媽媽

가수

가수

歌手

練習題

▸ 聽音檔，如果回答正確打○，如果回答錯誤打×。（1～3）

1 어 （　　）

2 그 （　　）

3 노 （　　）

▸ 聽音檔，選出正確的答案。（4～7）

4 ⓐ 아 ⓑ 어 ⓒ 오 ⓓ 우

5 ⓐ 나 ⓑ 너 ⓒ 노 ⓓ 누

6 ⓐ 모 ⓑ 머 ⓒ 므 ⓓ 미

7 ⓐ 소 ⓑ 서 ⓒ 스 ⓓ 시

▸ 聽音檔，選出正確的答案。（8～10）

8 ⓐ 머리 ⓑ 모리

9 ⓐ 거기 ⓑ 고기

10 ⓐ 나무 ⓑ 너무

▸ 聽音檔，填入正確的音節以完成單字。（11～14）

11 [　][이]

12 [　]

13 [　][수]

14 [나][　]

解答 p.273

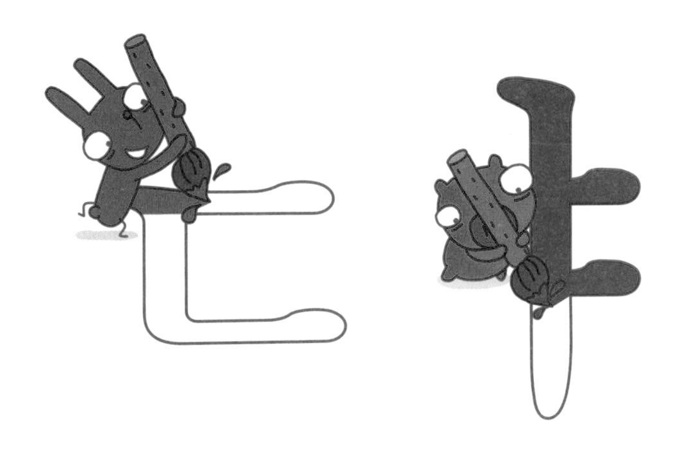

韓文字母 II

- 四個和 [y] 結合的雙母音 ㅑ ㅕ ㅛ ㅠ
- 五個單子音 ㄷ ㄹ ㅂ ㅈ ㅎ
- 十個終聲 ㄱ ㄴ ㄹ ㅁ ㅂ ㅇ ㄷ ㅅ ㅈ ㅎ

四個和 [y] 結合的雙母音

基本母音「ㅏ, ㅓ, ㅗ, ㅜ」和 [ㅣ]（羅馬拼音寫作 [y]）組合在一起形成母音「ㅑ, ㅕ, ㅛ, ㅠ」。發這四個母音時，嘴型是類似的。

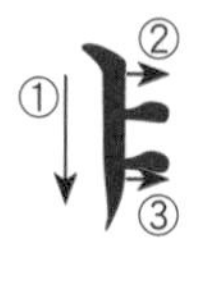

[ya]，發音類似 yard 中的 ya。

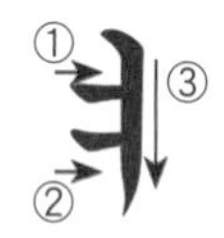

[yeo]，發音類似 yawn 中的 ya。

[yo]，發音類似美式英語 yogurt 中的 yo，或英式英語 yodel 中的 yo。

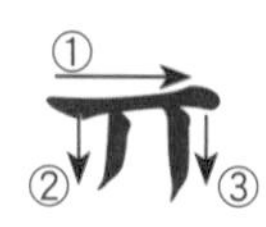

[yu]，發音類似 you。

006. mp3

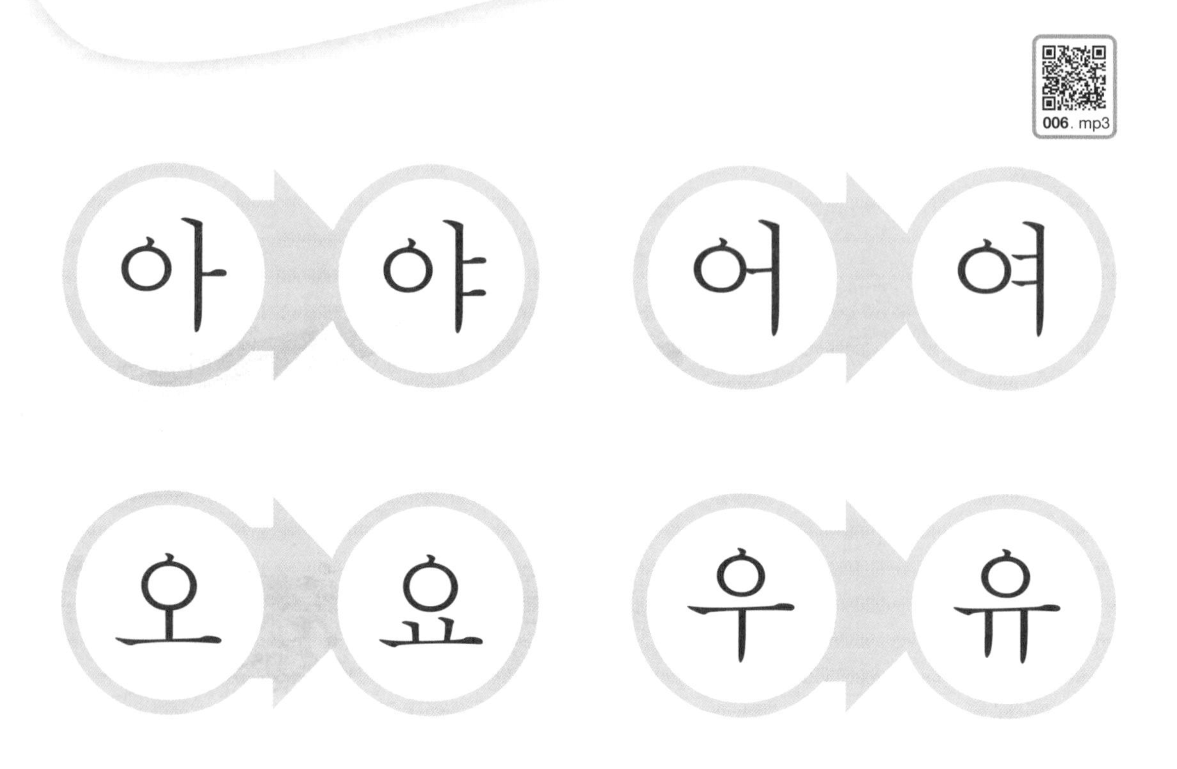

우유

우유

牛奶

여기

여기

這裡

야구

야구

棒球

아니요

아니요

不

여우

여우

狐狸

가요

가요

去

五個單子音

下列五個單子音與韓文字母 I 中介紹的五個單子音外形相似，但多了額外的筆劃。「ㄷ」、「ㄹ」源自「ㄴ」；「ㅂ」源自「ㅁ」；「ㅈ」源自「ㅅ」；「ㅎ」源自「ㅇ」。

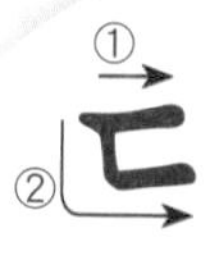
[t]，發音類似 battle 中的 tt。
[d]，發音類似 deep 中的 d。

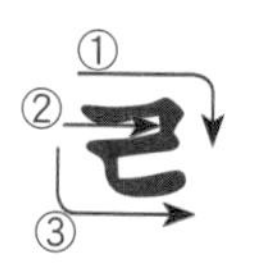
[ℓ]，發音類似 lollipop 中的 ll
[r]，發音類似 x-ray 中的 r。

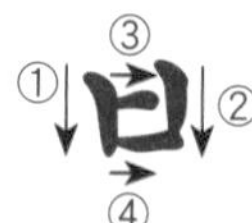
[p]，發音類似 pop 中的 p。
[b]，發音類似 baby 中的 b。

[j]，發音類似 juice 中的 j。

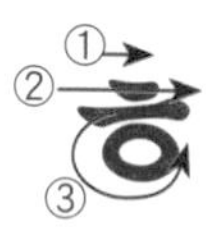
[h]，發音類似 house 中的 h。

008. mp3

ㄷ	오	도
ㄹ	우	루
ㅂ	아	바
ㅈ	이	지
ㅎ	어	허

머리

머리

頭

구두

구두

皮鞋

지도

지도

地圖

바다

바다

大海

아버지

아버지

爸爸

하나

하나

一

十個終聲

位於母音下方的子音稱為終聲（받침[bat–chim]），接在母音之後發音，也就是一個音節的最後一個音。大部分的時候，終聲子音的發音跟作為初聲子音時的發音相同。不過，子音「ㅇ」作為初聲時不發音，作為終聲時要發[ng]的音。而當子音「ㄷ、ㅅ、ㅈ、ㅎ」作為終聲時，要發[t]的音。

ㄱ [k]，發音類似 cook 中的 k。

ㄴ [n]，發音類似 noon 中的 n。

ㄹ [ℓ]，發音類似 hello 中的 ll 。

ㅁ [m]，發音類似 hum 中的 m。

ㅂ [p]，發音類似 chop 中的 p。

ㅇ [ng]，發音類似 ring 中的 ng。

ㄷ = ㅅ = ㅈ = ㅎ [t]，發音類似 get 中的 t。

請牢記，終聲只有七個代表音。

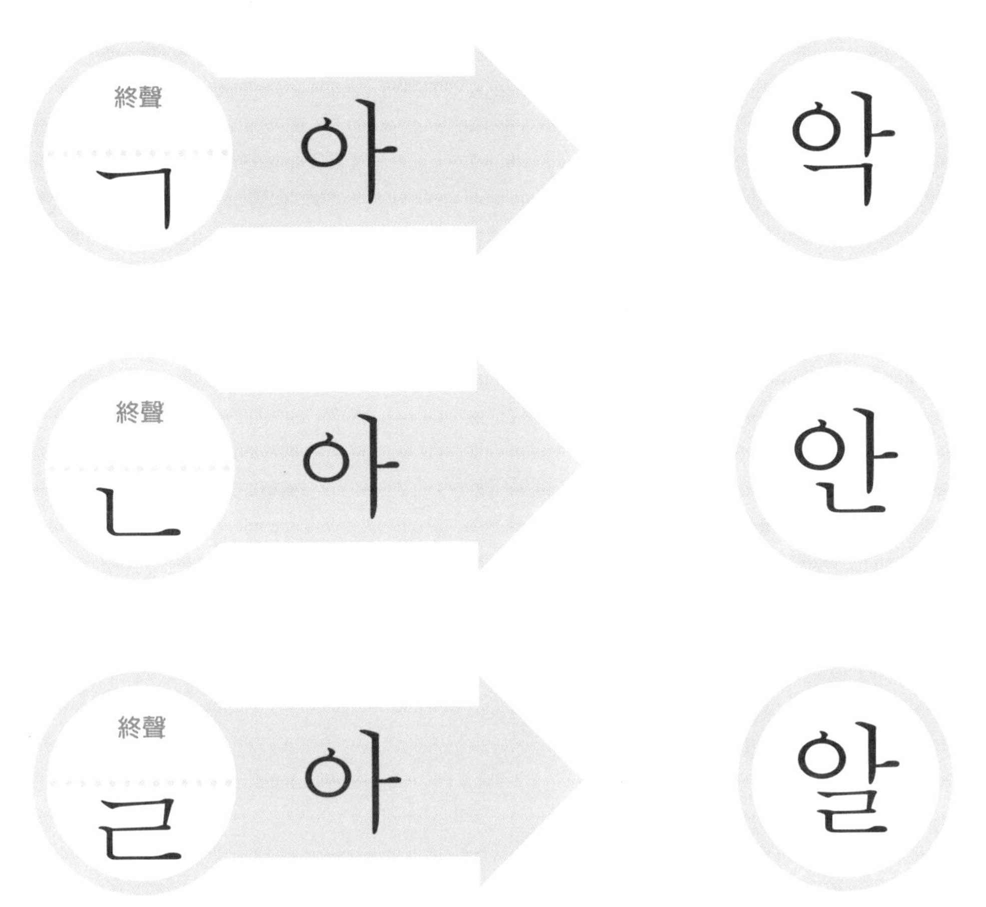

「ㄹ」出現在兩個母音（如머리）之間時，它的發音很接近 [r]。當「ㄹ」作為終聲時（如알），它的發音更像[e]。

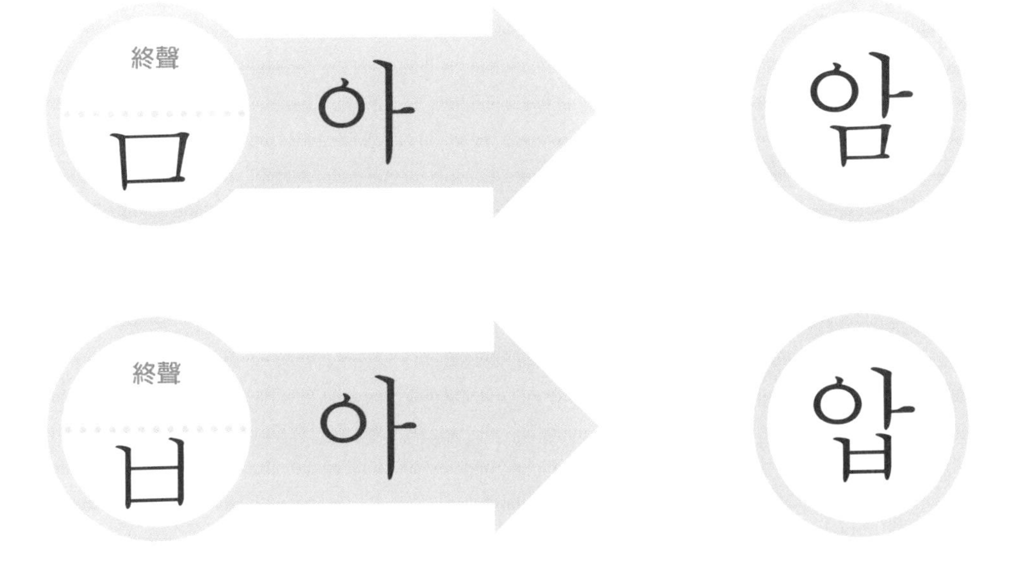

請記得，當子音「ㄷ、ㅅ、ㅈ、ㅎ」作為終聲時，都發「ㄷ[t]」的音。換句話說，雖然「낟、낫、낮、낳」的拼法不同，但它們都唸做「낟[nat]」。

물

물

水

집

집

房子

미국

미국

美國

남자

남자

男人、男子

안경

안경

眼鏡

옷

옷

衣服

練習題

▸ 聽音檔，選出正確的答案。（1～8）

1	ⓐ 요가	ⓑ 여가	2	ⓐ 유리	ⓑ 여리
3	ⓐ 논	ⓑ 돈	4	ⓐ 몸	ⓑ 봄
5	ⓐ 거리	ⓑ 허리	6	ⓐ 수소	ⓑ 주소
7	ⓐ 짐	ⓑ 집	8	ⓐ 사람	ⓑ 사랑

▸ 聽音檔，選出正確的答案以完成單字。（9～14）

9	□다	ⓐ 마	ⓑ 바	ⓒ 나	ⓓ 다
10	□구	ⓐ 야	ⓑ 여	ⓒ 요	ⓓ 유
11	구□	ⓐ 더	ⓑ 도	ⓒ 두	ⓓ 드
12	아□지	ⓐ 바	ⓑ 버	ⓒ 보	ⓓ 부
13	가□	ⓐ 반	ⓑ 밤	ⓒ 박	ⓓ 방
14	□자	ⓐ 난	ⓑ 남	ⓒ 낙	ⓓ 낭

▸ 跟著音檔，完成以下單字。（15～20）

15		리	16		유
17	ㅏ	리	18	ㅏ	ㅣ
19	무	거	20	하	구

解答 p.273

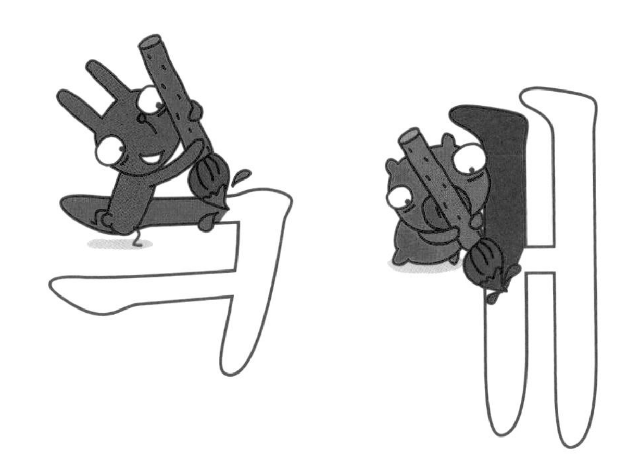

韓文字母 III

- 兩個單母音 ㅐ ㅔ；兩個雙母音 ㅒ ㅖ
- 四個激音 ㅋ ㅌ ㅍ ㅊ
- 四個終聲 ㅋ ㅌ ㅍ ㅊ

兩個單母音ㅐ,ㅔ；兩個雙母音ㅒ、ㅖ

以下的母音發音都很類似：

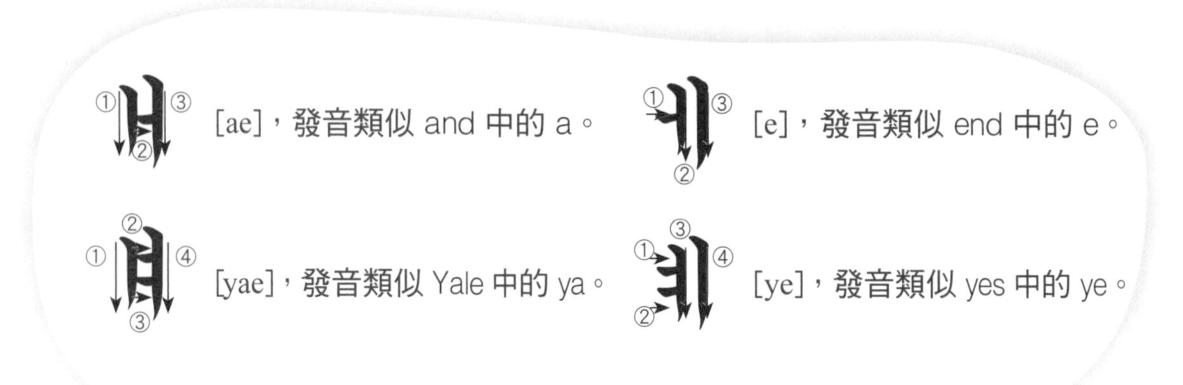

ㅐ [ae]，發音類似 and 中的 a。
ㅔ [e]，發音類似 end 中的 e。
ㅒ [yae]，發音類似 Yale 中的 ya。
ㅖ [ye]，發音類似 yes 中的 ye。

單母音「ㅐ」是由單母音ㅏ跟ㅣ組成，「ㅏ+ㅣ=ㅐ」；單母音「ㅔ」是由單母音ㅓ跟ㅣ組成，「ㅓ+ㅣ=ㅔ」。嚴格來說，單母音「ㅐ」跟「ㅔ」發音不同，但他們的音非常相似。而雙母音「ㅒ」是由單母音ㅐ跟ㅣ組成，「ㅐ+ㅣ=ㅒ」；「ㅖ」是由單母音ㅔ跟ㅣ組成，「ㅔ+ㅣ=ㅖ」。這兩個雙母音的發音完全不同，但在日常生活中發音非常相似。

ㅏ + ㅣ 애　　ㅓ + ㅣ 에

애 → 얘　　에 → 예

上述母音在日常口語中難以辨別差異。實際運用時可將「ㅐ」跟「ㅔ」視為相同發音；將「ㅒ」跟「ㅖ」視為相同發音，也就是「애＝에」；「얘＝예」。

노래
노래

歌

아내
아내

妻子

가게
가게

商店

어제
어제

昨天

시계
시계

鐘錶

얘기
얘기

交談

四個激音

子音「ㅋ、ㅌ、ㅍ、ㅊ」源自子音「ㄱ、ㄷ、ㅂ、ㅈ」，發音時會產生氣流，是強烈的送氣音。「ㅋ」源自「ㄱ」；「ㅌ」源自「ㄷ」；「ㅍ」源自「ㅂ」；「ㅊ」源自「ㅈ」。這四個子音的發音方式屬於激音。

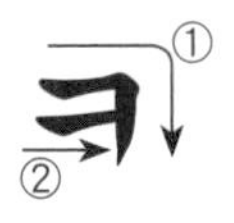

[k]，發音類似 kite 中的 k。

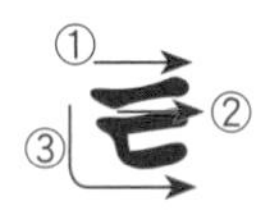

[t]，發音類似 tiger 中的 t。

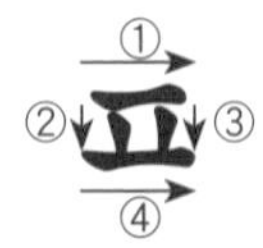

[p]，發音類似 peace 中的 p。

[ch]，發音類似 chicken 中的 ch。

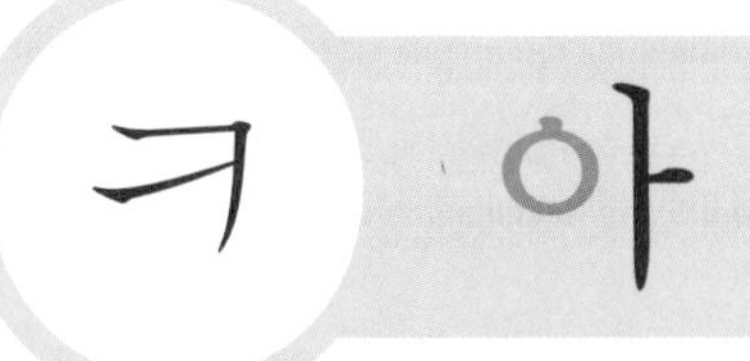

카

當「ㅋ」和一個水平母音組合時，字母的形狀就像一個直角。（例如코、쿠、크）
當「ㅋ」和一個垂直母音組合時，字母下方的形狀會稍稍彎曲。（例如카、커、키）

ㅌ 오 → 토

ㅍ 어 → 펴

ㅊ 우 → 추

! 注意

聽音檔，學習以下的韓文如何發音。

가 카 도 토

버 퍼 즈 츠

지하철

지하철

地鐵

표

표

票

토요일

토요일

星期六

코

코

鼻子

커피

커피

咖啡

주차장

주차장

停車場

四個終聲

當以下這幾個子音作為終聲出現時，它們的讀音如下：

ㅋ = ㄱ [k]

ㅍ = ㅂ [p]

ㅌ = ㄷ [t]

ㅊ = ㅈ = ㄷ [t]

018. mp3

終聲 ㅋ 어 → 엌

終聲 ㅍ 아 → 앞

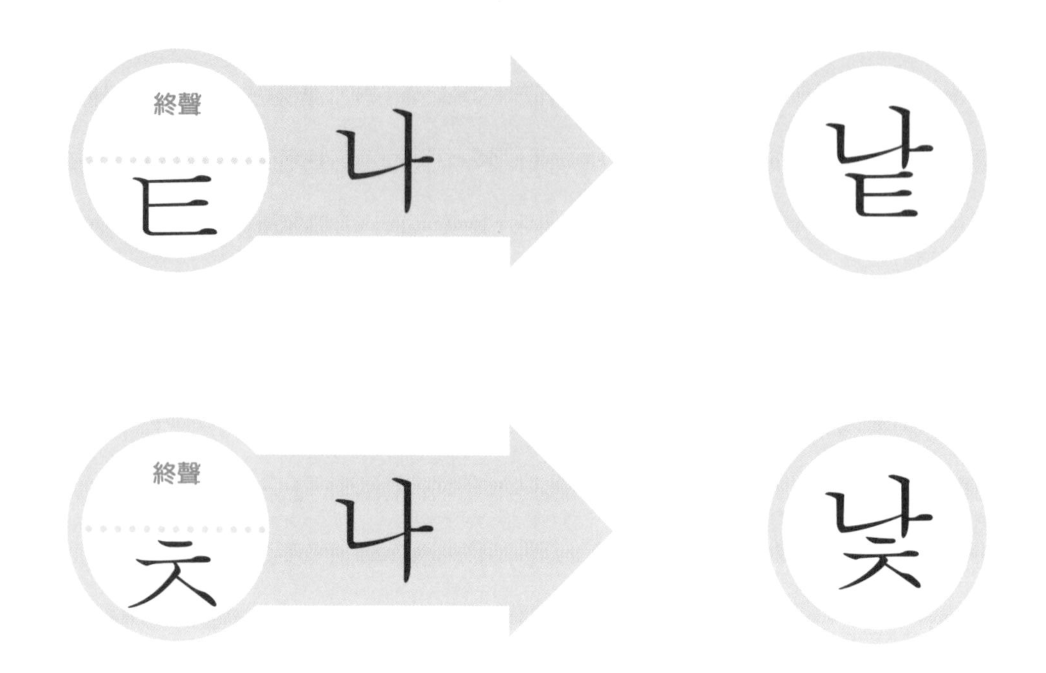

請注意，낟、낱、낫、낮、낯、낳雖然拼寫不同，但發音相同。

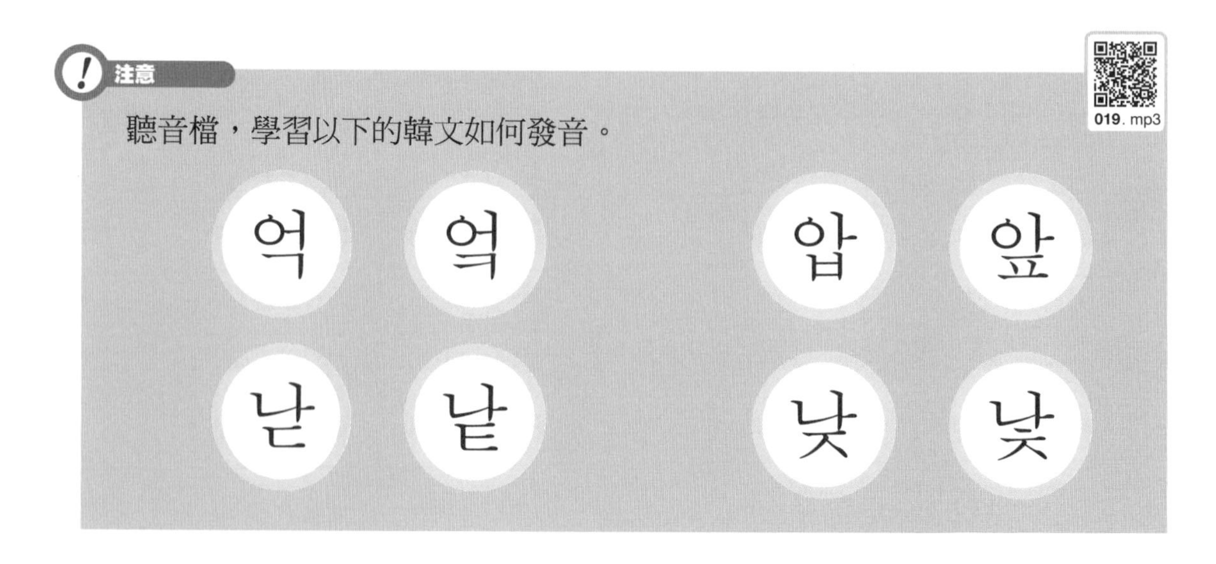

注意
019. mp3
聽音檔，學習以下的韓文如何發音。
억
엌
압
앞
낟
낱
낮
낯

국

국

湯

부엌

부엌

廚房

빗

빗

梳子

빛

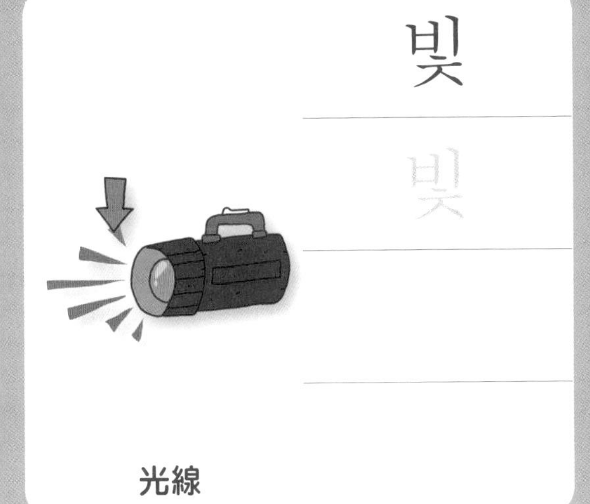

빛

光線

입

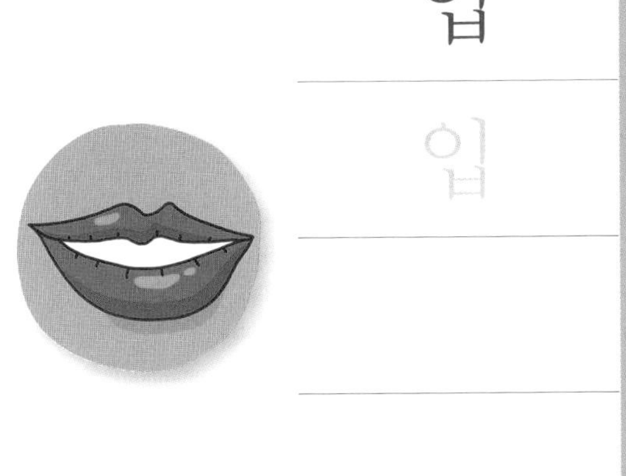

입

嘴巴

잎

잎

樹葉

練習題

▸ 聽音檔，選出正確的答案。（1～6）

1 ⓐ 보도 ⓑ 포도
2 ⓐ 누리 ⓑ 두리
3 ⓐ 만금 ⓑ 만큼
4 ⓐ 기자 ⓑ 기차
5 ⓐ 여리 ⓑ 예리
6 ⓐ 애기 ⓑ 얘기

▸ 聽音檔中唸出的單字，選出正確的答案。（7～10）

7 김☐ ⓐ 시 ⓑ 지 ⓒ 치 ⓓ 히
8 ☐도 ⓐ 모 ⓑ 보 ⓒ 포 ⓓ 호
9 ☐기 ⓐ 그 ⓑ 크 ⓒ 구 ⓓ 쿠
10 ☐수 ⓐ 드 ⓑ 트 ⓒ 두 ⓓ 투

▸ 仔細聽音檔中單字的發音，選出正確的答案。（11～13）

11 ⓐ 빗 ⓑ 빕 ⓒ 빛 ⓓ 빚
12 ⓐ 믹 ⓑ 민 ⓒ 밑 ⓓ 밎
13 ⓐ 순 ⓑ 숫 ⓒ 숯 ⓓ 숲

▸ 跟著音檔，練習朗讀以下的單字。（14～19）

14 | ㅔ | ㅡ |
15 | ㅖ | ㅏ |
16 | ㅏ | ㅔ | ㅏ |
17 | ㅓ | ㅠ | ㅓ |
18 | ㅍ |
19 | ㅊ |

解答 p.273

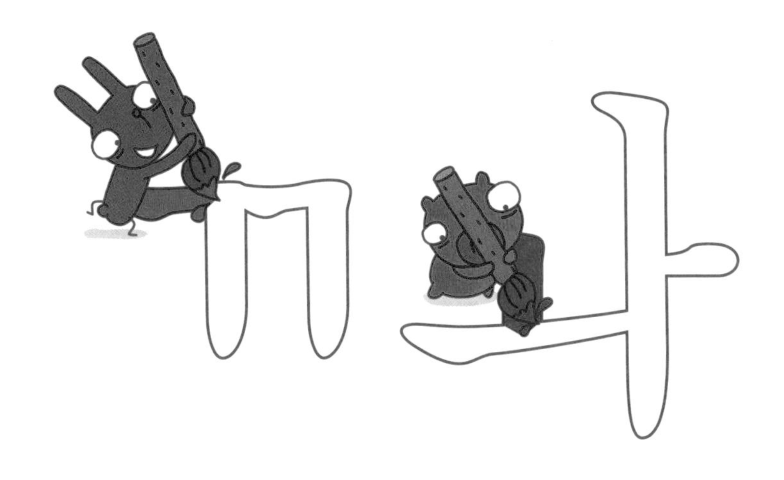

韓文字母 IV

- 七個雙母音 ㅘ ㅝ ㅙ ㅞ ㅚ ㅟ ㅢ
- 五個硬音 ㄲ ㄸ ㅃ ㅆ ㅉ
- 兩個終聲 ㄲ ㅆ
- 雙終聲 ㄵ ㄶ ㄼ ㅄ ㄺ ㄻ

七個雙母音

下面是七個雙母音的介紹，這些雙母音是由兩個母音組成的。

[wa]，發音類似美式英語 want 中的 wa 或英式英語中的 once。
[wo]，發音類似美式英語 once 中的 o 或英式英語中的 want。
[wae]，發音類似 wag 中的 wa。
[we]，發音類似 wedding 中的 we。
[oe]，發音類似 weight 中的 we。
[wi]，發音類似 we。
[ui]，發音類似 gooey 中的 ooe。

英語中，母音「ㅢ」（[ui]）的發音是兩個音節，類似「gooey」中 [ui] 的發音。試著快速地把這兩個音節讀成一個音節，這樣你就能發出韓語雙母音「ㅢ」的音了。

ㅗ + ㅏ 와

ㅜ + ㅓ 워

ㅗ + ㅐ 왜

ㅜ + ㅔ 웨

ㅗ + ㅣ 외

ㅜ + ㅣ 위

ㅡ + ㅣ 의

사과

사과

蘋果

돼지

돼지

豬

병원

병원

醫院

외국인

외국인

外國人

귀

귀

耳朵

의자

의자

椅子

五個硬音

下列子音都是從基本子音ㄱ、ㄷ、ㅂ、ㅅ、ㅈ衍生而來，不過發音時要繃緊喉嚨（就像生氣的時候）。「ㄲ」源自「ㄱ」；「ㅃ」源自「ㅂ」；「ㄸ」源自「ㄷ」；「ㅆ」源自「ㅅ」；「ㅉ」源自「ㅈ」。

ㄲ [kk]，發音類似 gotcha! 中的 g。

ㄸ [tt]，發音類似 duh 中的 d。

ㅃ [pp]，發音類似 bad 中的 b。

ㅆ [ss]，發音類似 sang 中的 s 。（發音重）

ㅉ [jj]，發音類似 gotcha 中的 ch。

ㄲ 아 → 까

ㄸ 오 → 또

ㅃ + 어 → 뻐

ㅆ + 우 → 쑤

ㅉ + 아 → 짜

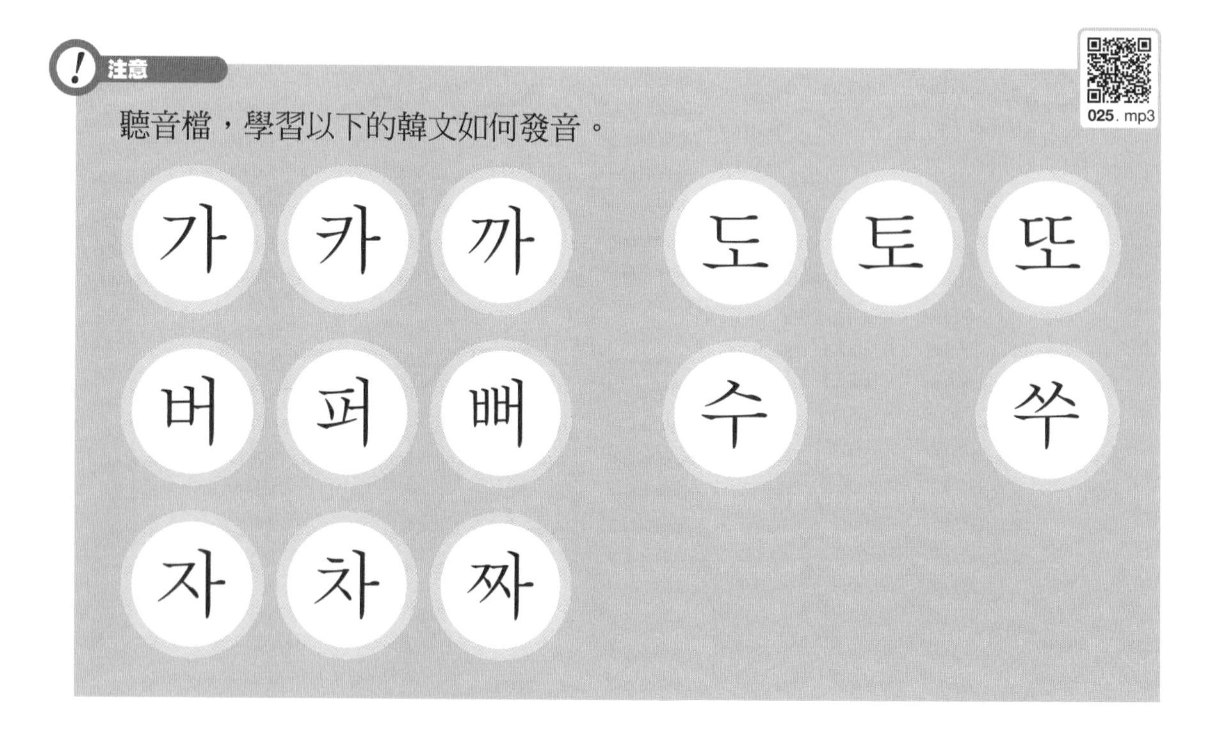

注意
聽音檔，學習以下的韓文如何發音。
025. mp3
가 카 까
도 토 또
버 퍼 뻐
수 쑤
자 차 짜

빵

빵

麵包

어깨

어깨

肩膀

땀

땀

汗水

토끼

토끼

兔子

비싸요

비싸요

昂貴

짜요

짜요

鹹

兩個終聲

當「ㄲ」和「ㅆ」作為終聲時，它們的發音如下：

雙終聲

母音下方有時會出現兩個子音，這兩個擺在音節末端的子音稱為雙終聲。某些情況只會發第一個子音（左邊）的音，而有些情況只會發第二個子音（右邊）的音。

音節末端為雙終聲ㄵ、ㄶ、ㄼ、ㅄ時，雙終聲只發第一個子音（左邊）的音。

앉다　　앓다　　여덟　　값

音節末端為雙終聲ㄺ, ㄻ時，雙終聲只發第二個子音（右邊）的音。

닭　　삶

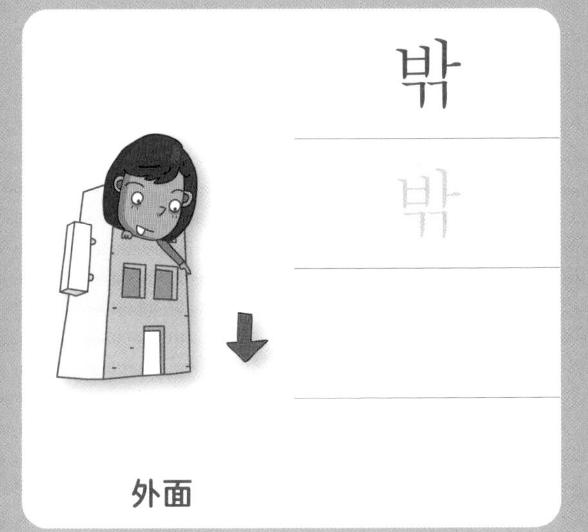

밖

밖

外面

갔다

갔다

去（過去時制）

닭

닭

雞

여덟

여덟

八

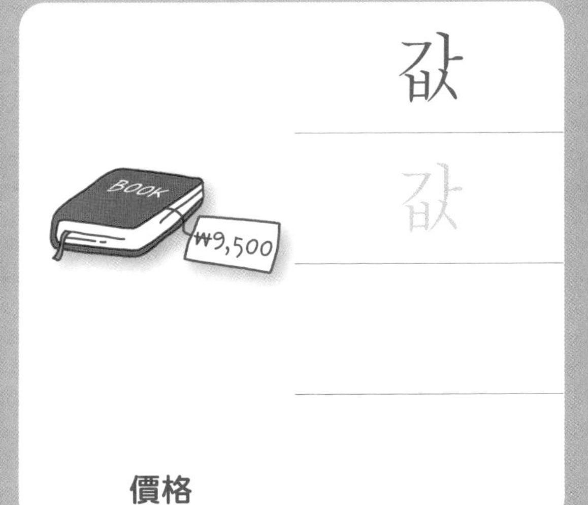

값

값

價格

앉다

앉다

坐

練習題

▸ 聽音檔，選出正確的答案。（1～5）

1　ⓐ 자요　ⓑ 차요　ⓒ 짜요

2　ⓐ 달　ⓑ 탈　ⓒ 딸

3　ⓐ 방　ⓑ 팡　ⓒ 빵

4　ⓐ 외　ⓑ 위　ⓒ 와

5　ⓐ 의자　ⓑ 위자　ⓒ 외자

▸ 聽音檔中唸出的單字，選出正確的答案。（6～10）

6　아□　ⓐ 마　ⓑ 바　ⓒ 파　ⓓ 빠

7　□요　ⓐ 사　ⓑ 자　ⓒ 싸　ⓓ 짜

8　더□요　ⓐ 오　ⓑ 어　ⓒ 우　ⓓ 워

9　□자　ⓐ 궈　ⓑ 과　ⓒ 궤　ⓓ 괘

10　□사　ⓐ 호　ⓑ 회　ⓒ 후　ⓓ 휘

▸ 跟著音檔，練習朗讀以下的單字。（11～14）

11 | ㅇ | ㅈ |

12 | ㅅ | ㄱ |

13 | ㅗ | ㅏ |

14 | ㅏ | ㅣ |

15 | ㅈ | ㅊ |

16 | ㅁ | ㄹ |

解答 p.273

21 個母音

母音	和 [y] 組成的母音	母音	和 [y] 組成的母音
ㅏ [a] father	ㅑ [ya] yard	ㅓ [eo] honest, top	ㅕ [yeo] yawn
ㅗ [o] go	ㅛ [yo] yogurt, yodel	ㅜ [u] who	ㅠ [yu] you
ㅡ [eu] taken		ㅣ [i] teeth	
ㅐ [ae] at, any	ㅒ [yae] yak	ㅔ [e] end, every	ㅖ [ye] yes

和 [w] 組成的雙母音		其他母音
ㅘ [wa] want, once	ㅝ [wo] water	ㅢ [ui] gooey
ㅙ [wae] wag	ㅞ [we] wedding	
ㅚ [oe] weight	ㅟ [wi] we	

● 19 個子音

★ **根據發音時的氣流強度分為**

- 平音（不使用很多氣來發音）
- 激音（使用很多氣來發音）
- 硬音（不使用很多氣且繃緊喉嚨來發出比較重的音）

發音方法 ＼ 發音位置		雙唇音（使用嘴唇來發音）		齒齦音（舌尖抵在上排牙齒之後來發音）	
塞音／爆發音（發音時要噴出強烈的氣）	平音	ㅂ	[b] baby [p] pop	ㄷ	[d] deep [t] battle
	激音	ㅍ	[p] peace	ㅌ	[t] tiger
	硬音	ㅃ	[pp] Bad!	ㄸ	[tt] Duh! （發音比較重）
擦音（透過收縮發音器官來發出帶摩擦的音）	平音			ㅅ	[s] sad [sh] sheet （在ㅣ、ㅑ、ㅕ、ㅛ、ㅠ之前）
	硬音			ㅆ	[ss] sang!
塞擦音（噴出帶摩擦的氣來發音）	平音				
	激音				
	硬音				
鼻音（用鼻子來發音）		ㅁ	[m] mom	ㄴ	[n] no, now
流音 [ɾ]（透過舌尖觸碰上排牙齒之後來發音） [ℓ]（透過將舌尖放在上排牙齦並讓氣從一側流往另一側來發音）				ㄹ	[ɾ] X-ray [ℓ] lollipop

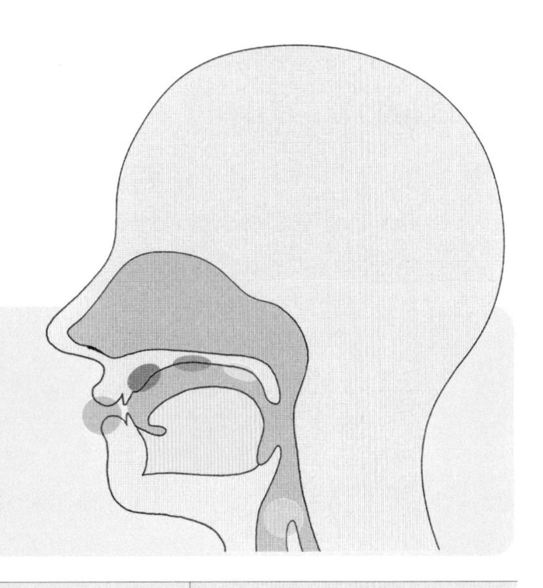

硬顎音 （舌頭觸碰著上顎前端來發音）	軟顎音 （舌頭觸碰著上顎後方來發音）	喉音 （用喉頭發音）
	ㄱ [g] good [k] pick	
	ㅋ [k] kite	
	ㄲ [kk] gotcha!	
		ㅎ [h] house
ㅈ [j] juice		
ㅊ [ch] chicken		
ㅉ [jj] gotcha!		
	ㅇ [ng] ring （只有當終聲子音時發音）	

終聲只有七種唸法

儘管任何子音都可以寫在音節末端作為終聲使用，但有些子音當終聲時，發音會跟當初聲時不一樣。因此，所有擺在終聲位置的子音，都會簡化成終聲位置的七個代表音之一。

[p]	ㅂ 입	ㅍ 잎	
[m]	ㅁ 님		
[n]	ㄴ 산		
[ℓ]	ㄹ 물		
[k]	ㄱ 국	ㅋ 부엌	ㄲ 밖
[ng]	ㅇ 강		
[t]	ㄷ 듣다	ㅌ 끝	
	ㅅ 빗		ㅆ 갔다
	ㅈ 빚	ㅊ 빛	
	ㅎ 낳다		

韓文和中文的比較

韓文和中文相比，有一些重要的差別：

1. 動詞在最後。

마크（馬克）음식（食物）먹어요（吃）

韓文的語順與中文不同，韓文的動詞通常出現在句子的最後面，因此韓文句子的語順通常是「主語＋受詞＋動詞」。

2. 韓文中有助詞。

主格助詞　受格助詞

마크（馬克）가 음식（食物）을 먹어요（吃）.

誰　什麼

在韓文中，儘管動詞總是在句尾，但句子的其他部分並沒有嚴格的順序。這是因為韓文有標示字詞在句中角色的助詞（主語、受詞等）。

3. 疑問句和陳述句的語順相同。

疑問句	마크（馬克）가 뭐（什麼） 먹어요（吃）？
陳述句	마크（馬克）가 음식（食物）을 먹어요（吃）.

在韓文中，疑問句和陳述句的語順相同。不過，疑問句的語尾語調要上揚，陳述句的語調則略微下降。

韓文字母音節表

缺翻譯 / 缺翻譯	ㄱ g/k	ㄴ n	ㄷ d/t	ㄹ r/l	ㅁ m	ㅂ b/p
ㅏ a	가 ga	나 na	다 da	라 ra	마 ma	바 ba
ㅑ ya	갸 gya	냐 nya	댜 dya	랴 rya	먀 mya	뱌 bya
ㅓ eo	거 geo	너 neo	더 deo	러 reo	머 meo	버 beo
ㅕ yeo	겨 gyeo	녀 nyeo	뎌 dyeo	려 ryeo	며 myeo	벼 byeo
ㅗ o	고 go	노 no	도 do	로 ro	모 mo	보 bo
ㅛ yo	교 gyo	뇨 nyo	됴 dyo	료 ryo	묘 myo	뵤 byo
ㅜ u	구 gu	누 nu	두 du	루 ru	무 mu	부 bu
ㅠ yu	규 gyu	뉴 nyu	듀 dyu	류 ryu	뮤 myu	뷰 byu
ㅡ eu	그 geu	느 neu	드 deu	르 reu	므 meu	브 beu
ㅣ i	기 gi	니 ni	디 di	리 ri	미 mi	비 bi

ㅅ s/sh	ㅇ ng	ㅈ j/ch	ㅊ ch	ㅋ k	ㅌ t	ㅍ p	ㅎ b
사 sa	아 a	자 ja	차 cha	카 ka	타 ta	파 pa	하 ha
샤 sha	야 ya	쟈 jya	챠 chya	캬 kya	탸 tya	퍄 pya	햐 hya
서 seo	어 eo	저 jeo	처 cheo	커 keo	터 teo	퍼 peo	허 heo
셔 sheo	여 yeo	져 jyeo	쳐 chyeo	켜 kyeo	텨 tyeo	펴 pyeo	혀 hyeo
소 so	오 o	조 jo	초 cho	코 ko	토 to	포 po	호 ho
쇼 sho	요 yo	죠 jyo	쵸 chyo	쿄 kyo	툐 tyo	표 pyo	효 hyo
수 su	우 u	주 ju	추 chu	쿠 ku	투 tu	푸 pu	후 hu
슈 shu	유 yu	쥬 jyu	츄 shyu	큐 kyu	튜 tyu	퓨 pyu	휴 hyu
스 seu	으 eu	즈 jeu	츠 cheu	크 keu	트 teu	프 peu	흐 heu
시 shi	이 i	지 ji	치 chi	키 ki	티 ti	피 pi	히 hi

書中主要人物介紹!

폴 保羅
澳洲人
大學生

제인 珍
加拿大人
英文老師

지나 智娜
韓國人
研究生
保羅的朋友

유진 幼珍
韓國人
大學生
詹姆士的學生

진수 真洙
韓國人
公司職員
馬克的朋友

메이 梅
中國人
大學交換生

리에 理惠
日本人
日文老師
真洙的朋友

제임스 詹姆士
英國人
英文老師

마크 馬克
美國人
公司職員

讓我們一起開始學習韓文吧!

第01課 안녕하세요? 저는 폴이에요.

你好，我是保羅。

- 예요 / 이에요「是」
- 疑問詞 뭐「什麼」和어느「哪一個」
- 補助詞은 / 는
- 國家和國籍

이름이 뭐예요?
你叫什麼名字？

저는 폴이에요.
我叫保羅。

-예요／이에요「是」

文法回顧 p.265

這個字可以視為「等於」的符號，它用來描述兩個事物之間「對等」、「等同於」的部分（例如說「我是保羅」或「她是一位醫生」）。

前面無終聲	前面有終聲
제임스예요. 我是詹姆斯。	폴이에요. 我是保羅。

疑問詞 뭐「什麼」

뭐 的用法和中文裡的「什麼」一樣，在提出問題時使用。

A 이름이 뭐예요?　　你叫什麼名字？
B 마크예요.　　我叫馬克。

注意

提出問題時，뭐搭配예요一起使用。뭐예요需放在句子的最後。
이름이 뭐예요? (o)
뭐 이름이에요? (x)

想知道……

人們在口語中使用뭐，在正式的書面語中則使用무엇。
이름이 뭐예요? 你叫什麼名字？（口語）
이름이 무엇입니까? 你的名字是什麼？（正式的書面語）

어느 나라 사람이에요?你是哪一國人？

저는 한국 사람이에요.
我是韓國人。

補助詞은／는

補助詞은／는用來指出句子的主題。不過不是每個句子都有補助詞은／는，而是當一個人想要強調一個新主題時，才會在句子裡出現補助詞은／는。可以想成，當你在做介紹，可能會用你的手來指出你正在介紹的人是誰。在用韓文做介紹時，補助詞은／는的功能就如同這個手勢，用來依次強調每個人。

前面無終聲	前面有終聲
저는 폴이에요. 我叫保羅。 （用來介紹自己。）	선생님은 한국 사람이에요. 老師是韓國人。 （用來向別人示意你們現在是在談論老師。）

國家和國籍

描述某人的國籍時，先說國家的名稱，然後接單字사람。

한국　韓國　—　한국 사람　韓國人

想知道……
한국 사람（口語）
= 한국인（正式的書面語）

疑問詞：어느「哪一個」

疑問詞어느後面接名詞時，用來請某人具體指出是某一類別或某群體中的哪一個。

A 어느 나라 사람이에요?　你是哪一個國家的人？

B 저는 호주 사람이에요.　我是澳洲人。

對話 1

安　你好。
悟　你好。
安　你叫什麼名字？
悟　我叫悟。妳叫什麼名字？
安　我叫安。很高興認識你。
悟　我也很高興認識妳。

앤　안녕하세요?

사토루　안녕하세요?

앤　이름이 뭐예요?

사토루　저는 사토루예요. 이름이 뭐예요?

앤　저는 앤이에요. 반갑습니다.

사토루　반갑습니다.

單字

이름 名字
뭐 什麼
저는 我

表現

안녕하세요? 你好。
이름이 뭐예요?
你叫什麼名字？
반갑습니다. 很高興認識你。

會話便利貼

★ 안녕하세요? 「你好」

儘管「你好」是一個普通的問候語，發音時要帶有詢問語氣，句尾語調上揚。如果你與某人第一次見面，在說「你好」的時候可以輕微地點一下頭。

對話 2

馬克 妳好。我是馬克。
幼珍 你好。我是幼珍。
馬克 幼珍小姐，妳是哪一國人？
幼珍 我是韓國人。馬克，你是哪一國人？
馬克 我是美國人。
（繼續聊了一會兒）
幼珍 下次見。
馬克 下見。

마크 안녕하세요? 저는 마크예요.

유진 안녕하세요? 저는 유진이에요.

마크 유진 씨는 어느 나라 사람이에요?

유진 저는 한국 사람이에요.
마크 씨는 어느 나라 사람이에요?

마크 저는 미국 사람이에요.

(얘기를 나누고…)

유진 다음에 또 봐요.

마크 다음에 또 봐요.

單字

씨 先生、小姐
어느 哪一個
나라 國家
사람 人
한국 韓國
한국 사람 韓國人
미국 美國
미국 사람 美國人
다음에 下次
또 再
봐요 看、見面

表現

어느 나라 사람이에요?
你是哪一國人？
다음에 또 봐요.
下次見。

會話便利貼

★ **稱呼別人的名字而不是使用人稱「你」**
韓語中，用「你」來稱呼剛遇見的某人是不禮貌的。韓國人在稱呼彼此時，會以姓名來替代「你」。稱呼對方時，要在姓名或名字後面接씨以表達尊敬。提到自己的時候不可使用씨，因為씨是尊稱，不能用在自己身上。

發音

033. mp3

● 사람이에요 → [사라ㅁ이에요]

當名詞有終聲且後面接母音時，終聲會發初聲子音的音，並連音至下一個音節。但如果終聲是「ㅇ」（如가방ga–bang），則「ㅇ」不連音，會留在音節末端發終聲 [ng]的音。

(1) 폴이에요 → [포리에요]

(2) 선생님이에요 → [선생니ㅁ이에요]

(3) 가방이에요 → [가방이에요]

補充單字

034. mp3

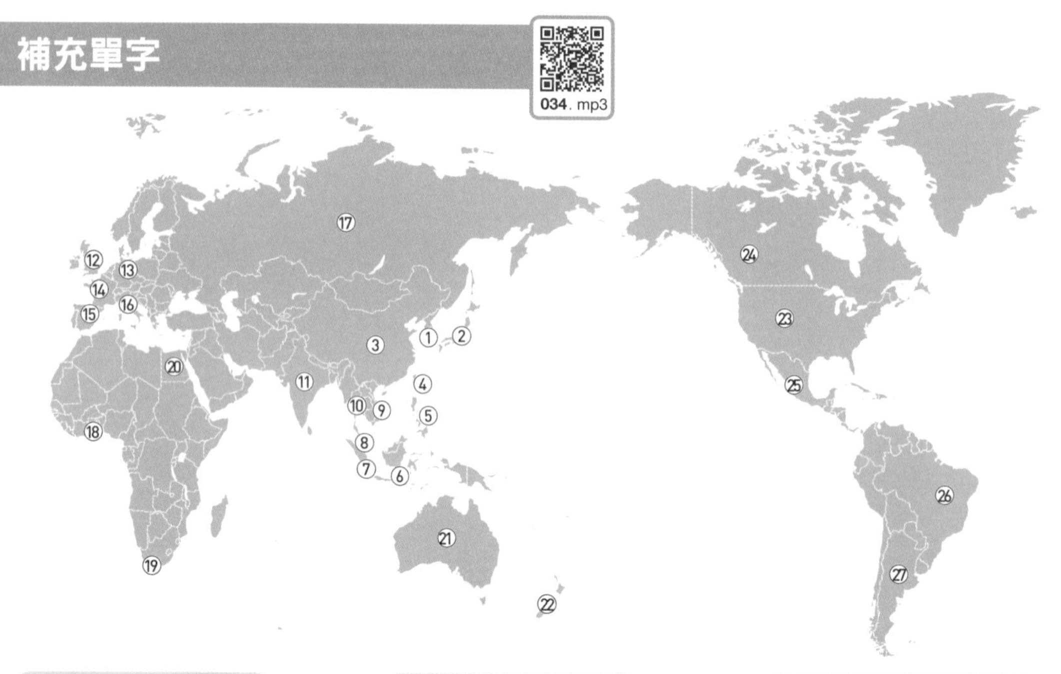

아시아	亞洲
1 한국	韓國
2 일본	日本
3 중국	中國
4 대만	臺灣
5 필리핀	菲律賓
6 인도네시아	印尼
7 싱가포르	新加坡
8 말레이시아	馬來西亞
9 베트남	越南
10 태국	泰國
11 인도	印度

유럽	歐洲
12 영국	英國
13 독일	德國
14 프랑스	法國
15 스페인	西班牙
16 이탈리아	義大利
17 러시아	俄羅斯

아프리카	非洲
18 가나	迦納
19 남아프리카 공화국	南非共和國
20 이집트	埃及

오세아니아	大洋洲
21 호주	澳洲
22 뉴질랜드	紐西蘭

아메리카	美洲
23 미국	美國
24 캐나다	加拿大
25 멕시코	墨西哥
26 브라질	巴西
27 아르헨티나	阿根廷

實用短句

你好和再見

A 你好。
B 你好。
當你與某人第一次見面時，點頭問好以示尊重。

A 再見。
B 再見。
兩人都要離開時使用。

A 再見。
B 再見。
當A留在原地而B要離開時，A要對B說안녕히 가세요.（請好好地走／請平安地走／請慢走），B要對A說안녕히 계세요.（請好好地待著／請平安地待著／請留步）。

自我小測驗

文法

▶ 依照範例，閱讀句子後選出正確的答案。（1～3）

이름이 뭐예요?

Ex. 저는 폴(예요. / 이에요.)

1 저는 지나(예요. / 이에요.)

2 저는 제임스(예요. / 이에요.)

3 저는 앤(예요. / 이에요.)

▶ 依照範例，看圖完成句子。（4～6）

어느 나라 사람이에요?

Ex.

저는 호주 사람이에요.

4

저는 ______ 사람이에요.

5

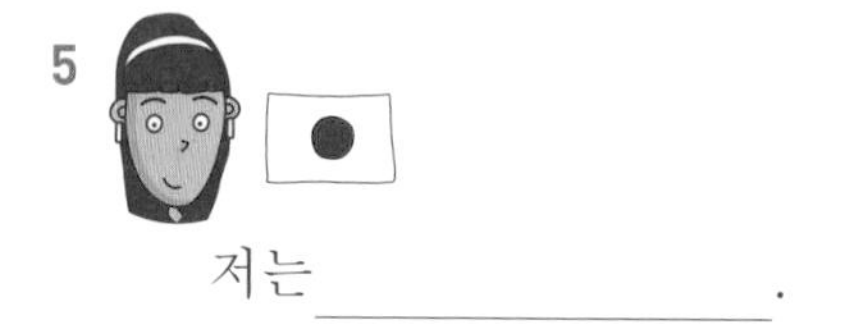

저는 ______.

6

______.

▶ 請完成以下對話。（7～8）

7 A 이름이 ______ 예요?

B 민수예요.

8 A ______ 사람이에요?

B 한국 사람이에요.

聽力

▶ 聽音檔，將正確的名字和國籍連在一起。（9～11）

	사람?	이름?	어느 나라 사람?
9	? •	• ⓐ 유웨이 •	• ㉮ 영국 사람
10	? •	• ⓑ 인호 •	• ㉯ 중국 사람
11	? •	• ⓒ 제임스 •	• ㉰ 한국 사람

閱讀

▶ 閱讀以下對話，選出適當的選項以完成對話內容。

12

A 안녕하세요?

B 안녕하세요? 이름이 뭐예요?

A 저는 제인이에요.

B ____________________

A 캐나다 사람이에요.

ⓐ 안녕하세요? ⓑ 안녕히 가세요.

ⓒ 이름이 뭐예요? ⓓ 어느 나라 사람이에요?

解答 p.273-274

韓國文化大不同

Q 初次和韓國人碰面時，應當如何稱呼「他」或「她」？

在韓國，尤其是初次見面，對話幾乎從不使用「你」這個字。如果在韓語辭典中查「你」，會找到「당신」這個單字，但是用「당신」來稱呼一個陌生人是非常不禮貌的。你可能會感到困惑，不曉得該如何稱呼第一次遇到的人。韓國社會是根據對方的年齡與職位來稱呼彼此，這對韓國人而言也很複雜。

舉例來說，如果你遇到的人跟你有工作上的往來，你可以稱呼對方的職務如사장（老闆、社長、總經理）或부장（部長、經理），同時在職務後面加上敬稱님以表達敬意。現在你明白為何韓國人初次見面都會交換名片的原因，因為這些名片上印有個人職務名稱。

然而，如果你遇到的人沒有顯赫的職務，在詢問對方的名字後，你可以稱呼對方的全名或名字並加上씨以表示尊重。譬如김진수這個名字，김是對方的姓，진수是對方的名字。你可以稱呼對方김진수 씨或진수 씨。如果你見的人是關係非常親近的朋友或小孩，在一對一的對話時，你可以使用너（半語的「你」）。但假如這個人是個比自已年紀小很多的成年人，除非你們非常要好，不然也不能使用너這個字。

第02課

아니요, 회사원이에요.

不，我是上班族。

- 네 / 아니요：「是／不是」
- 省略句子的主語
- 提出問題
- 語言

關鍵句型和文法

폴 씨, 학생이에요?
保羅，你是學生嗎？
네, 학생이에요.
是的，我是學生。

● 네／아니요「是／不是」

YES／NO問句可以用네表示肯定；用아니요表示否定。

1 A 제인 씨, 선생님이에요? 珍，妳是老師嗎？

B 네. 是的

2 A 링링 씨, 학생이에요? 玲玲，妳是學生嗎？

B 아니요, 저는 의사예요. 不，我是醫生。

● 省略句子的主語

韓語中，比起重複主語，如果知道主語是什麼就可以省略不說。

A 어느 나라 사람이에요? 你是哪一國人？

B (저는) 호주 사람이에요. （我）是澳洲人。

但是，如果改變談話的主題，第一個句子的主語絕對不能省略。

A 저는 한국 사람이에요. 我是韓國人。

제임스 씨, 어느 나라 사람이에요? 詹姆士，你是哪一國人？

B (저는) 영국 사람이에요. 英國人。

리에 씨, 회사원이에요?
理惠，妳是上班族嗎？

아니요, 일본어 선생님이에요.
不是，我是日語老師。

提出疑問

中文裡，問句跟答句的語順是一樣的（譬如他是誰？他是保羅），韓文也是如此。回答問題時，只需用你的回答簡單替換疑問詞（哪一個、哪裡、何時、誰、什麼、如何），然後保持原本的句子結構即可。YES／NO問句的問題跟答句除了語調不同之外，語順完全相同。所有的疑問句句尾語調都要上揚。

1 A 마크 씨, 회사원이에요? 馬克，你是上班族嗎？
  B 네, 저는 회사원이에요. 是的，我是上班族。

2 A 마크 씨, 어느 나라 사람이에요? 馬克，你是哪個國家的人？
  B 미국 사람이에요. 我是美國人。

語言

語言的名稱（OO語）就是在國名後面加上말或어。二者之間唯一的區別就是말比較不正式，而어是一種正式的書面語。然而，英語只有영어一種說法，前面沒有提到國家。

國家	한국 韓國	일본 日本	중국 中國	미국 美國	외국 外國
語言	한국어 한국말 韓語	일본어 일본말 日語	중국어 중국말 中國語	영어 英語	외국어 외국말 外語

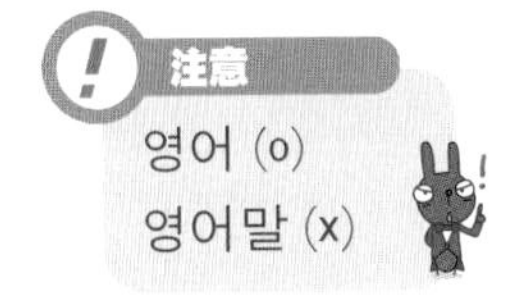

對話 1

幼珍 馬克，你是學生嗎？
馬克 不是。
幼珍 那麼你是老師嗎？
馬克 不是。
幼珍 那麼你是上班族？
馬克 是的，沒錯。我是上班族。

유진 마크 씨, 학생이에요?

마크 아니요.

유진 그럼, 선생님이에요?

마크 아니요.

유진 그럼, 회사원이에요?

마크 네, 맞아요. 회사원이에요.

單字

학생 學生
그럼 那麼
선생님 老師
회사원 上班族、公司職員

表現

아니요. 不是。
네. 是。
맞아요. 正確、沒錯。

會話便利貼

★ 그럼 那麼

透過提問的方式轉換話題時，그럼之後通常要停頓一下。그럼是그러면常用的縮略形式。

★ 兩種肯定回答的表述方式

在做出肯定回答時，可以說네或예。예較為正式恭敬；네則是較常使用。

對話 2

珍 真洙，你做什麼工作？
真洙 我是上班族。
珍，妳是學生嗎？
珍 不是。
真洙 那麼，妳做什麼工作？
珍 我是英文老師。
真洙 啊，是喔？

제인 진수 씨, 무슨 일 해요?

진수 저는 회사원이에요.
제인 씨, 학생이에요?

제인 아니요.

진수 그럼, 무슨 일 해요?

제인 영어 선생님이에요.

진수 아, 그래요?

單字

무슨 什麼
일 工作
해요 (I) 做
영어 英語

表現

무슨 일 해요?
你做什麼工作？
아, 그래요?
啊，是喔？

會話便利貼

★ **尊稱님的涵義**
선생님中的님是尊稱。韓語會在職位頭銜後面接님以表達敬意。尤其是在社會階級地位十分嚴謹的工作場所，下屬會稱呼上級職位頭銜（如사장님就是職位사장加上尊稱님），而非直呼對方姓名。但是談論自己時不可使用님，因為님是尊稱，只能用在他人身上，提及自己時須使用謙稱。

★ 아, 그래요?**「啊，是這樣嗎？／啊，是喔？」**
這個表達不是一個認真的問句，只是用一種禮貌的方式表達自己的興趣跟關注，類似中文的「啊，這樣喔？／啊，是喔？」根據語調的細微差異，這個表達會有不同的意思。在這個情況下，雖然他寫成問句的樣子，但是他的意思其實不是一個問題，所以你的語調在句尾不應該上揚太多。

發音

039. mp3

● 감사합니다 → [감사함니다]

當終聲ㄱ、ㄷ、ㅂ後面緊跟著初聲子音ㄴ、ㅁ時，ㄱ、ㄷ、ㅂ的發音要變音為[ㅇ、ㄴ、ㅁ]。

⑴ ㄱ → [ㅇ]　　한국말→[한궁말], 부엌문[부엉문]

⑵ ㄷ → [ㄴ]　　닫는→[단는], 씻는[씬는]

⑶ ㅂ → [ㅁ]　　미안합니다→[미안함니다], 앞문[암문]

補充單字

040. mp3

1	학생	學生
2	선생님	老師
3	회사원	上班族
4	의사	醫生
5	간호사	護理師
6	택시 기사	計程車司機
7	주부	家庭主婦
8	운동선수	運動員
9	경찰	警察
10	군인	軍人

교수(님)	教授
신부(님)	神父
수녀(님)	修女
목사(님)	牧師
변호사	律師
스님	師父
번역가	筆譯員
통역사	口譯員

實用短句

在韓國，問候語會根據場合的正式與否、對方的年齡及社會地位而有所不同。

問候

A　您好！
用來問候比自己年長的人。例如：父母、祖父母。

A　你好！
B　你好！
用於問候陌生人，或用來問候自己認識，但仍然需要禮貌說話的某個人。

A　嗨！
B　嗨！
用於問候和自己同齡的朋友。（尤其是一起長大的朋友。）
例如：兒時玩伴、同學。

A　您好！
B　您好！
用來問候社會地位比自己高，或和自己有商務往來的人。
例如：老闆、客戶。

自我小測驗

文法

▶ 看圖選出正確的答案。（1～2）

1 A 제임스 씨예요?

B (네 / 아니요), 제임스예요.

A 미국 사람이에요?

B (네 / 아니요), 영국 사람이에요.

제임스

2 A 리에 씨예요?

B (네 / 아니요), 메이예요.

A 중국 사람이에요?

B (네 / 아니요), 중국 사람이에요.

메이

▶ 看圖並完成以下對話內容。（3～4）

3 A 러시아어 선생님이에요?

B 아니요, ________ 선생님이에요.

4 A 중국어 선생님이에요?

B 아니요, ________ 선생님이에요.

▶ 將下列問題和其對應的答案連在一起。（5～7）

5 학생이에요? • • ⓐ 영어 선생님이에요.

6 무슨 일 해요? • • ⓑ 아니요, 캐나다 사람이에요.

7 미국 사람이에요? • • ⓒ 네, 학생이에요.

聽力

▶ 聽音檔中的對話，選出正確答案。

8 제인 씨가 무슨 일 해요?

ⓐ 선생님　　ⓑ 학생　　ⓒ 의사　　ⓓ 회사원

9 민호 씨가 무슨 일 해요?

ⓐ 한국어 선생님　　ⓑ 영어 선생님

ⓒ 중국어 선생님　　ⓓ 일본어 선생님

閱讀

▶ 閱讀以下對話，選出適當的句子完成對話內容。

10

A 톰 씨, 선생님이에요?

B 아니요.

A 그럼, (1) ________

B 네, 회사원이에요.

유미 씨, 무슨 일 해요?

A (2) ________

(1) ⓐ 이름이 뭐예요?
ⓑ 회사원이에요?
ⓒ 미국 사람이에요?
ⓓ 어느 나라 사람이에요?

(2) ⓐ 의사예요.
ⓑ 일본 사람이에요.
ⓒ 네, 학생이에요.
ⓓ 아니요, 한국 사람이에요.

解答 p.274

韓國文化大不同

Q 為什麼韓國人在第一次見面的時候會詢問對方的年齡？

如果你是西方人，你可能會對韓國人在初次見面就詢問對方年紀感到大吃一驚。假如你對此不適應，你可能下意識會堅定地說：「這不關你的事！」但在韓國，詢問年齡是為了確認與對方說話時，自己應使用哪種層級的語言。一個人的說話方式會根據對話對象的年紀比自己大或小而有所不同。

在親密關係中（例如：家人、鄰居或同學），如果說話對象年紀較長，要使用尊待語 -（으）세요。如果是第一次碰面，即使對方年紀比自己小，也應使用尊待語以表達尊敬。然而，如果彼此年紀或地位相仿，且你想要表達一定程度的親密，就可使用非格式體尊待語 -아/어요。這個語尾最常用於去超市買東西，或在街上詢問某人某件事的時候。

半語（來自於 -아/어요但去掉요）是用在兩個非常熟悉、親密的人之間，例如青梅竹馬，或對象是小孩子、弟弟、妹妹。半語是預設兩人很親近，所以你只能用在非常親密的人際關係中，或是當已經取得對方同意時才能使用半語。如果你正在跟一位成人說話，即使對方年紀比自己小，若未取得對方同意便直接講半語，是非常無禮的。近年來因西方文化影響，年輕人可能不會詢問他人的年紀，但是在韓國大部分的地方，開始一段對話時仍需詢問彼此的年齡。

이게 뭐예요?
這是什麼？

- 이 / 그 / 저
- 疑問詞 무슨和누구
- 主格助詞이／가
- 所有格

이／그／저：「這／那／那」

文法回顧 p.266

韓文的指示代名詞이、그、저用法與日文相同，中文是이（這）、그（那）、저（那）。講話時應使用哪個指示代名詞，取決於物品跟話者、聽者之間的位置，以及談話雙方是否能看到這項物品。當物品離話者較近，使用이；當物品離聽者較近，離話者較遠時使用그。그也可以用來指談話雙方看不到的東西；當物品離話者和聽者都很遠時使用저。

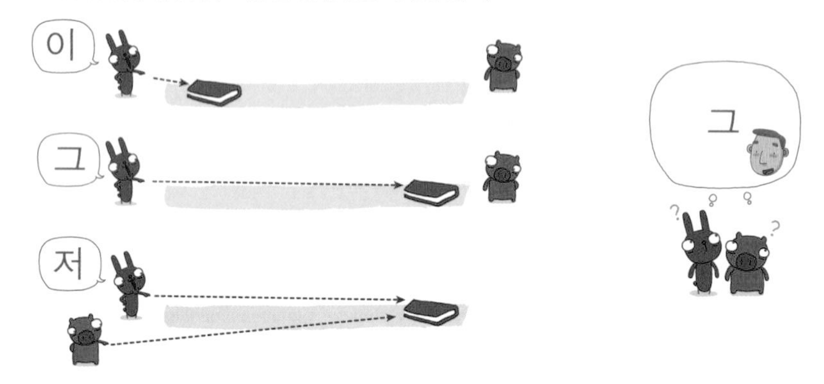

口語對話中，이것이 / 그것이 / 저것이「這個東西」／「那個東西」／「那個東西」的縮略表達方式是이게 / 그게 / 저게。

疑問詞 무슨：「哪一種」

詢問某件東西的詳情或特性時，可以使用疑問詞무슨，並在後面加上你想多瞭解的事物的名詞。

A 저게 무슨 영화예요?　　那是一部什麼類型的電影？
B 코미디 영화예요.　　那是一部喜劇片。

主格助詞 이/가

在韓文中，以助詞이／가來表示句子的主語。

前面無終聲	前面有終聲
마크 씨가 미국 사람이에요. 馬克是美國人。	선생님이 한국 사람이에요. 老師是韓國人。

所有格

在韓文，所有格的表達方式是在擁有者的後面加上助詞의，這個助詞在口語上可以被省略。

학생 책（口語）= 학생의 책（正式的書面語）

學生的課本 → 학생 책

第一人稱中，「我」的所有格是「제」開頭，「我們」的所有格是「우리」開頭。

我的朋友 → 제 친구　　　我們的學校 → 우리 학교

疑問詞 누구：「誰／誰的」

疑問詞누구可以表示「誰」或「誰的」。詢問 「誰」的時候，使用疑問詞누구搭配예요。詢問某件物品屬於「誰的」的時候，在物品前面加上疑問詞누구。

A 제임스 씨가 누구예요?　　詹姆士是誰？
B 저분이 제임스 씨예요.　　那位是詹姆士。

A 이게 누구 가방이에요?　　這是誰的包包？
B 제니 씨 가방이에요.　　是珍妮的包包。

對話 1

保羅 這是什麼？
智娜 這是湯匙。
保羅 那麼，這是什麼？
智娜 這是米飯。
保羅 那麼，那是什麼？
智娜 那是水。

폴　이게 뭐예요?

지나　숟가락이에요.

폴　그럼, 이게 뭐예요?

지나　밥이에요.

폴　그럼, 저게 뭐예요?

지나　물이에요.

單字

이게 這、這個
숟가락 湯匙
밥 米飯
저게 那個
물 水

表現

이게 뭐예요? 這是什麼？
저게 뭐예요? 那是什麼

會話便利貼

★ 이게 뭐예요? 「**這是什麼？**」

許多英語母語人士會跟加重英語裡的「what」一樣加重「뭐」的讀音，但這樣講韓文很奇怪。不論是哪種疑問句，語調都不該在讀到「뭐」時上揚，而是在句尾上揚。

★ 이게 / 그게 / 저게 「**這個／那個／那個**」

下列指示代名詞通常使用縮略形。이、그、저加上것（物品、東西）以及主格助詞이就會變成이것이、그것이、저것이，而이것이、그것이、저것이可縮寫為이게、그게、저게。이건、그건、저건的意思與이게、그게、저게相同，不過因為이건、그건、저건是由이것、그것、저것加上補助詞은，所以이건、그건、저건會比이게、그게、저게更強調所指物品。

이게 뭐예요?	這是什麼？（非格式體尊待形）	이건 뭐예요?	這是什麼？（非格式體尊待形）
=이것이 무엇입니까?	這個是什麼？（格式體尊待形）	=이것은 무엇입니까?	這個是什麼？（格式體尊待形）

對話 2

理惠 這是什麼？
真洙 這是書。
理惠 是什麼書？
真洙 是韓文書。
理惠 是誰的書？
真洙 是馬克的書。
理惠 馬克是誰？
真洙 馬克是我的朋友。

리에 이게 뭐예요?

진수 책이에요.

리에 무슨 책이에요?

진수 한국어 책이에요.

리에 누구 거예요?

진수 마크 씨 거예요.

리에 마크 씨가 누구예요?

진수 제 친구예요.

單字

책 書
한국어 韓文
누구 誰／誰的
거 東西、事物
제 我的
친구 朋友

表現

무슨 책이에요?
是什麼書？
누구 거예요? 是誰的東西？
마크 씨가 누구예요?
馬克是誰？
제 친구예요. 是我的朋友。

會話便利貼

★ **疑問詞무슨「什麼樣的」和어느「哪一個」**
疑問詞무슨是用來詢問事物的特性，而어느則是用來要求別人在許多事物中做出選擇。

1 A 무슨 책이에요? 是什麼書？
B 역사 책이에요. 是一本歷史書。

2 A 어느 책이에요? 哪本書？
B 노란색 책이에요. 黃色那本書。

★ **누구 거예요?「是誰的？」**
對話 2 中詢問事物的所有權時，「누구 거예요？」的意思與「누구 책이에요？」相同。這裡的거替代了책。거用於日常口語，而것更常用於書面語。

發音

- 책상 → [책쌍]

當終聲ㄱ、ㄷ、ㅂ後面緊跟著初聲ㄱ、ㄷ、ㅂ、ㅅ、ㅈ的時候，初聲的相應發音會硬音化變成 [ㄲ、ㄸ、ㅃ、ㅆ、ㅉ]

(1) ㄱ → [ㄲ]　　숟가락 [숟까락]

(2) ㄷ → [ㄸ]　　먹다 [먹따]

(3) ㅂ → [ㅃ]　　어젯밤 [어젣빰]

(4) ㅅ → [ㅆ]　　통역사 [통역싸]

(5) ㅈ → [ㅉ]　　걱정 [걱쩡]

補充單字

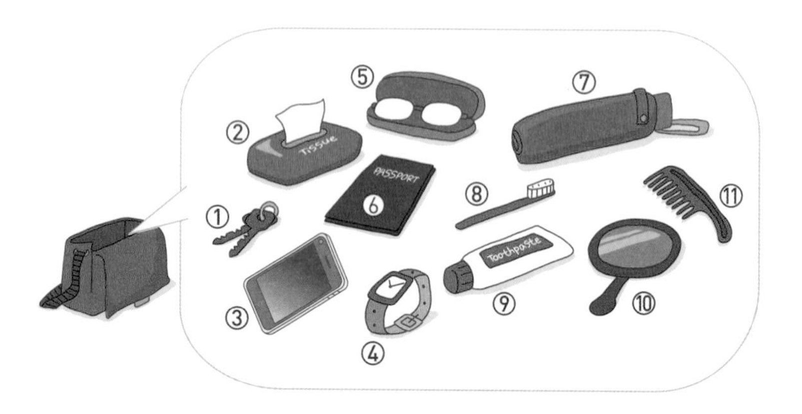

1 열쇠　鑰匙
2 휴지　衛生紙
3 핸드폰　手機
4 시계　手錶
5 안경　眼鏡
6 여권　護照
7 우산　雨傘
8 칫솔　牙刷
9 치약　牙膏
10 거울　鏡子
11 빗　梳子
12 돈　錢
13 운전면허증　駕駛執照
14 사진　照片
15 명함　名片
16 외국인 등록증　外國人登錄證

實用短句

提問

A 這個用英文怎麼說？

A 這個用韓文怎麼說？

回答別人問題

A 不知道。

A 我明白了。

自我小測驗

文法

▶ 閱讀以下的句子後選出正確的答案。（1～4）

1 선생님(이 / 가) 한국 사람이에요. **2** 사토루(이 / 가) 일본 사람이에요.

3 폴(이 / 가) 호주 사람이에요. **4** 마크(이 / 가) 미국 사람이에요.

▶ 看圖完成對話。（5～6）

5 

A 이분이 누구예요?

B ________ 씨예요.

6 ?

A 이분이 누구예요?

B ______________.

제인

（＊분是사람的尊待形）

▶ 參考例句，看圖完成對話。（7～8）

Ex. A 이게 뭐예요?

B 열쇠예요.

A 누구 거예요?

B 폴 씨 거예요.

7 A 저게 뭐예요?

B (1) ____________.

A 누구 거예요?

B (2) ________ 거예요.

8 A (1) ________ 뭐예요?

B 안경이에요.

A (2) ________ 거예요?

B 유웨이 씨 거예요.

聽力

▶ 聽音檔，看圖選出正確的答案。

048. mp3

9 이게 뭐예요?

ⓐ ⓑ ⓒ ⓓ

▶ 聽音檔選出正確的選項以完成對話。

049. mp3

10 A 가방이 누구 거예요?

B ______________.

ⓐ ⓑ ⓒ ⓓ

閱讀

▶ 閱讀以下對話，選出適當的句子填入空白處。（11～12）

뭐예요?	누구예요?	누구 거예요?	무슨 일 해요?

11 A 이분이 (1) ______________

B 제임스 씨예요.

A 제임스 씨는 (2) ______________

B 영어 선생님이에요.

12 A 이게 (1) ______________

B 여권이에요.

A (2) ______________

B 제임스 씨 거예요.

解答 p.274

韓國文化大不同

Q 你聽過우리 나라和우리 집這樣的說法嗎？

你可能有注意到，韓國人經常使用우리（我們）這個詞：우리 나라（我們國家）、우리 회사（我們公司）、우리 집（我們家）、우리 남편（我們先生）、우리 엄마（我們媽媽）等。這並非意味著所有人對使用所有格的認知混亂，或人們共同擁有所有事物。

使用「我們」這個詞強調了共有大於獨有。韓國人表達對事物的所有權時，為了強調緊密的關係，常會說「我們」，而不說強調個體的「我」。우리 나라 和우리 회사這樣的詞有意無意地加強了團結意識。在日常生活中，即使是一些瑣碎的事情，韓國人也比較喜歡大家一起做，而不是由一個人單獨完成。就算只是稍微吃點東西或喝一杯咖啡，韓國人也不喜歡獨自一人。大家在一起的時候，韓國人會覺得更安全更快樂，並且認為，一起完成的活動能夠加深彼此的感情。這就是在韓國，你很少會看到一個人獨自在餐廳裡吃飯或飲酒的原因。

不過，無論韓國人多麼喜歡使用「我們」這個詞，卻不代表任何時候都可以使用它。有必要說明某一個人對某件物品的所有權時，就該使用「我的」這個詞。例如，當你說「我們的錢包」或「我們的手機」是很奇怪的。

一開始使用「我們」這個詞彙時，你可能會感到不習慣，但是如同吃辛辣的辛奇（김치）一樣，習慣就會適應了。

第 04 課

화장실이 어디에 있어요?

洗手間在哪裡？

- 있어요 / 없어요
- 地方助詞 에
- 疑問詞 어디
- 地點、場所

● 있어요／없어요：「存在～」／「不存在～」

文法補充 p.265

某事物存在時，使用있어요；不存在的時候，使用없어요。其句型為將主格助詞이 / 가放在存在（不存在）的名詞後面，然後加上있어요、없어요。

의자가 있어요.　　椅子存在。

의자가 없어요.　　椅子不存在。

● 地方助詞：에

將助詞에放在名詞後面，用來表示空間位置。

폴이 공원에 있어요.　　保羅在公園裡。

= 공원에 폴이 있어요.

不論所指對象擺在地點的前面或後面都無所謂，如同其他動詞的用法，있어요、없어요永遠擺在句尾。

● 疑問詞어디：「哪裡」

使用疑問詞어디接地方助詞에和動詞있어요，可以讓你問人、事、物的所在位置。

A 선생님이 어디에 있어요?　　老師在哪裡？

B (선생님이) 학교에 있어요.　　(老師）在學校裡。

位置的表達方式

책상 위에
在書桌上面

책상 아래에
在書桌下面

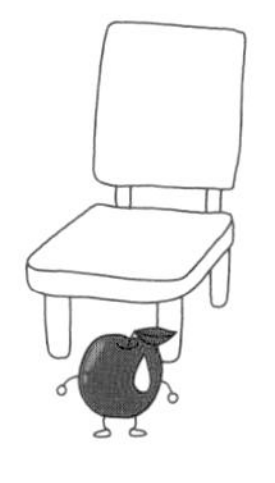

의자 앞에
在椅子前面

의자 뒤에
在椅子後面

시계 옆에
在時鐘旁邊

컵 오른쪽에
在杯子的右邊

컵 왼쪽에
在杯子的左邊

컵하고 시계 사이에
在杯子和時鐘之間

냉장고 안에
在冰箱的裡面

냉장고 밖에
在冰箱的外面

注意

在形容物品和自己之間的位置時用제（我的），表示物品在自己的某個方位；但如果事物所在的位置是自己跟第三者共同的某個方位時，하고的前面要搭配저。

의자가 제 앞에 있어요.
椅子在我的前面。

의자가 제 오른쪽에 있어요.
椅子在我的右邊。

의자가 저하고 책상 사이에 있어요.
椅子在我和桌子之間。

對話 1

保羅 打擾一下，請問這附近有洗手間嗎？
梅 是，有的。
保羅 在哪裡呢？
梅 就在那邊，自動販賣機旁。
保羅 謝謝。
梅 不客氣。

폴 저, 이 근처에 화장실 있어요?

메이 네, 있어요.

폴 어디에 있어요?

메이 저기 자판기 옆에 있어요.

폴 감사합니다.

메이 네.

單字

이 근처에 這附近
화장실 洗手間、化妝室
~있어요 有…
어디에 在哪裡
저기 那邊
자판기 自動販賣機
~옆에 在~旁邊

表現

저 打擾一下
이 근처에 … 있어요?
這附近有…嗎？
어디에 있어요? 在哪裡？
감사합니다. 謝謝。
네. 不客氣。

會話便利貼

★ 저「打擾一下」

저是一種禮貌用語，在向別人詢問某事之前，用來引起別人的注意。陌生人在你旁邊的時候，你可以使用這個短句。說出저之後，適當停頓一下，以便引起對方的注意，然後你就可以開始談話了。저기요也是這麼使用。

★ 네的各種含義

在肯定地回答時，你可以用네回答。另外，當在和陌生人溝通或身處於正式場合中，想要表示禮貌時，也常會用네來表達「當然」或「不客氣」。

對話 2

幼珍 馬克，你家在哪裡？
馬克 在新村。
幼珍 在新村的哪裡？
馬克 妳知道新村藥局嗎？
幼珍 不，我不知道。
馬克 那麼，妳知道新村百貨公司嗎？
幼珍 是的，我知道。
馬克 我家就在新村百貨公司的後面。

유진 마크 씨, 집이 어디에 있어요?

마크 신촌에 있어요.

유진 신촌 어디에 있어요?

마크 신촌 약국 알아요?

유진 아니요, 몰라요.

마크 그럼, 신촌 백화점 알아요?

유진 네, 알아요.

마크 신촌 백화점 바로 뒤에 있어요.

單字

집 家、房子
신촌 新村（首爾的一個鬧區）
약국 藥局
알아요 知道
몰라요 不知道
백화점 百貨公司
바로 恰好、正好、就
뒤 在～的後面

表現

… 알아요? 你知道…嗎？
신촌 어디에 있어요?
在新村的哪裡？
바로 뒤에 있어요.
就在…的後面。

會話便利貼

★ 신촌 어디에 있어요?「在新村的哪裡？」
這個句型用於你想要詢問一個更具體的方位時。在要詢問的地點後面加上어디에 있어요?

★ 바로「剛好、恰好、就」
表示強調時使用；將바로放在你想要強調的詞前面。

發音

● 없어요 → [업써요]

有時候章節的終聲為雙終聲（例如ㅄ），如果此雙終聲右邊的子音是ㅅ，且後面緊接母音時（例如없어요），這個ㅅ就要連音至下一個音節，並硬音化唸成雙子音[ㅆ]。所以없어요的發音就是[업써요]。

(1) 값이 → [갑씨]

(2) 몫이에요 → [목씨에요]

補充單字

1	집	家、房子
2	편의점	便利商店
3	은행	銀行
4	병원	醫院
5	학교	學校
6	약국	藥局
7	영화관	電影院
8	헬스장	健身房
9	식당	餐廳

회사	公司
가게	商店
시장	市場
주차장	停車場
주유소	加油站
대사관	大使館
공항	機場
공원	公園
서점	書店
우체국	郵局
카페	咖啡廳

在韓文中，同樣的事物可以有不同的表達方式，這要由說話的場合以及交談的對象來決定。

表達謝意

A　謝謝。
B　不客氣。
用於正式場合禮貌說話時。譬如對顧客、比自己年長的人或陌生人。

A　謝謝。
B　不謝。
用於稍微正式的場合中禮貌說話時。譬如對一個要好的同事。

A　謝謝。
B　沒什麼。
用於非正式場合友善表達時。譬如對一位同學或童年時期好友。

自我小測驗

文法

▶ 看圖並完成對話。（1～4）

1 A 폴 씨가 어디에 있어요?

B ________에 있어요.

2 A 앤 씨가 어디에 있어요?

B ________에 있어요.

3 A 인호 씨가 어디에 있어요?

B ____________ 있어요.

4 A 리에 씨가 어디에 있어요?

B ____________________.

▶ 完成以下對話。（5～6）

5 A 마크 씨가 ________ 있어요?

B 공원에 있어요.

6 A 제인 씨가 ________________?

B 병원에 있어요.

▶ 看圖並完成對話。（7～9）

7 A 시계가 어디에 있어요?

B 책상 ________에 있어요.

8 A 책이 어디에 있어요?

B 안경 ________에 있어요.

9 A 안경이 어디에 있어요?

B 책하고 시계 ________에 있어요.

聽力

▶ 請看下列圖片，聽音檔並選出正確的答案。

10 

ⓐ ⓑ ⓒ ⓓ

▶ 聽音檔並選出正確答案。

11 책이 어디에 있어요?

ⓐ  ⓑ  ⓒ  ⓓ 

閱讀

▶ 請看以下圖片，閱讀並選出正確的答案。

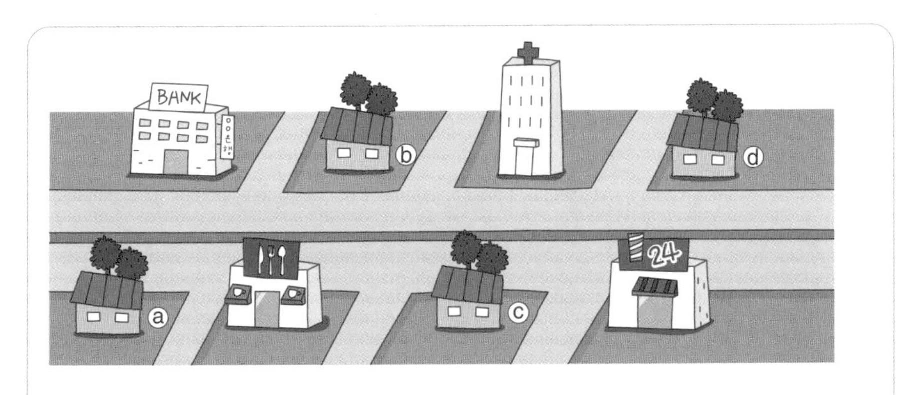

폴 씨 집 근처에 빌딩이 많이 있어요. 폴 씨 집 옆에 식당이 있어요. 폴 씨 집 앞에 병원이 있어요. 폴 씨 집 오른쪽에 편의점이 있어요. 그런데 폴 씨 집 옆에 은행이 없어요.

12 폴 씨 집이 어디에 있어요? (　　　　　　　　)

解答 p.274

韓國文化大不同

Q 首爾有什麼好玩的？

韓國首都首爾人數佔全國總人口的20%，是一座擁有六百年歷史的大都市，有提供各種值得一看的多樣景點。首先，如果想感受朝鮮歷史，建議在市中心觀賞朝鮮王朝宮殿之美，王宮靜謐的氛圍在現代建築群中頗具吸引力，在傳統工藝品和茶館雲集的仁寺洞喝杯茶也是不錯的選擇。如果你拜訪位於首爾市中心的N首爾塔，就可以將市區景色盡收眼底，尤其是在晚上看到首爾令人嘆為觀止的夜景。漢江公園位於流經首爾市中心的漢江沿岸，你可以在這裡看到正在休息、散步或吃外賣的首爾人。首爾有100多座大大小小的山峰，許多人都喜歡登山，可以搭乘方便的地鐵享受首爾群山的自然風光。如果想體驗青春氣息，可以在弘大找到各種流行時尚、街頭表演或獨立樂隊表演；如果想感受現代都市氣息，可以在江南享受各種文化演出和珍饈美酒；如果喜歡購物，可以在明洞或弘大體驗最新潮流，也可以在南大門市場或東大門市場體驗傳統市場的殺價。另一項額外優勢是：首爾各地都有各種節日和展覽！除此之外，首爾是一座不夜城。你準備好享受首爾的魅力了嗎？

05

동생이 몇 명 있어요?

你有幾個弟弟妹妹？

- 있어요 / 없어요
- 固有數字
- 量詞
- 疑問詞 몇

동생 **있어요**?
你有弟弟或妹妹嗎？

네, **두** 명 **있어요**.
是的，有兩個。

● 있어요／없어요：「有～／沒有～」

在上一課，我們看到있어요和없어요可表示存在與否，這一課你將看到있어요和없어요也被用來表示某人擁有或沒有什麼東西。主語之後接受詞，句尾為있어요表示擁有物品；句尾為없어요則表示某人沒有某項物品。

마크가 집이 있어요.　　馬克有房子。

마크가 자동차가 없어요.　馬克沒有汽車。

> **想知道……**
>
> 請注意左邊的例句。雖然房子、車子是受詞，可是在韓語中，當你要使用動詞있어요和없어요時，雖然這些是被擁有的東西，但助詞不是用受格助詞을／를，而是用主格助詞이／가。

● 固有數字

韓語的數字有兩種，一種是固有數字，一種是漢字數字。計算物品時，使用的是固有數字。

1	하나	11	열하나	30	서른
2	둘	12	열둘	40	마흔
3	셋	13	열셋	50	쉰
4	넷	14	열넷	60	예순
5	다섯	15	열다섯	70	일흔
6	여섯	16	열여섯	80	여든
7	일곱	17	열일곱	90	아흔
8	여덟	18	열여덟	100	백
9	아홉	19	열아홉		
10	열	20	스물		

가족이 모두 **몇 명** 이에요?
你家總共有幾個人？
모두 네 **명**이에요.總共有四個人。

量詞

附錄 p.262

計算物品數量或人數時，首先要說出物品名稱，然後物品名稱之後接固有數字，最後接量詞。量詞會隨著計算的人、事、物不同而有不同量詞（請參考附錄P.262的量詞表）。

五個杯子 → 컵 5 (다섯) 개

固有數字1到4以及二十這五個數字，在量詞前會稍微改變形態。

兩個時鐘 → 시계 2 (두) 개

하나	→	**한** 개
둘	→	**두** 개
셋	→	**세** 개
넷	→	**네** 개
다섯	→	다섯 개
⋮		⋮
스물	→	**스무** 개

疑問詞몇：「幾」

몇是表示「多少、幾」的疑問詞，用來詢問事物的數量。使用時語順為몇＋量詞＋動詞。

A 표가 몇 장 있어요?　　你有幾張票？

B (표가) 두 장 있어요.　　有兩張（票）。

對話 1

真洙 珍，妳有雨傘嗎？
珍 是的，我有。
真洙 妳有幾把傘？
珍 我有兩把傘。真洙你有雨傘嗎？
真洙 不，我沒有。
珍 這樣啊？這把傘給你。
真洙 謝謝妳。

진수 제인 씨, 우산 있어요?

제인 네, 있어요.

진수 우산이 몇 개 있어요?

제인 우산이 두 개 있어요.
진수 씨는 우산이 있어요?

진수 아니요, 없어요.

제인 그래요? 우산 여기 있어요.

진수 감사합니다.

單字

우산 雨傘
있어요 (I) 有
몇 多少、幾
개 個
두 二
여기 這裡、這邊

表現

우산 있어요?
你有雨傘嗎？
우산이 몇 개 있어요?
你有幾把傘？
여기 있어요.
這把傘給你（這邊有）。

會話便利貼

★ **問問題時，會省略主格助詞이／가**
「우산이 있어요.」是一個省略主語的句子，主格助詞이／가和있어요會結合。然而，在日常口語中問問題時，省略있어요前的主格助詞이／가會比較自然。

★ **補助詞 은／는**
補助詞은／는 是用來指示主題的助詞。當對話的主題從珍轉換到真洙時，會在名詞之後添加補助詞은／는表示主語改變。

對話 2

理惠 馬克，你有弟弟（妹妹）嗎？
馬克 是的，我有。
理惠 你有幾個弟弟（妹妹）？
馬克 有兩個。
理惠 那麼，你也有哥哥嗎？
馬克 不，沒有。
理惠 那麼，你們家總共有幾個人？
馬克 爸媽，我，還有兩個弟弟（妹妹），共有五個人。

리에 마크 씨, 동생 있어요?

마크 네, 있어요.

리에 동생이 몇 명 있어요?

마크 두 명 있어요.

리에 그럼, 형도 있어요?

마크 아니요, 없어요.

리에 그럼, 가족이 모두 몇 명이에요?

마크 부모님하고 저하고 동생 두 명, 모두 다섯 명이에요.

單字

동생 弟弟或妹妹
명 名
형 哥哥（男性稱）
도 也
가족 家人
모두 總共、全部
부모님 父母
하고 和
다섯 五

表現

동생이 몇 명 있어요?
你有幾個弟弟（妹妹）？
가족이 모두 몇 명이에요?
你們家共有幾個人？

會話便利貼

★ 가족이 몇 명이에요？「**你家有幾個人？**」
這個問題和「가족이 몇 명 있어요？」相同，都是在問你家裡有幾個人。不過，가족이 몇 명이에요？這個表現更自然。

★ 도「**也**」
在一個名詞之後使用 도 代表「也」或「也是」。도 會取代主格助詞 이／가。

A 한국 친구가 10명쯤 있어요. 我大約有十位左右的韓國朋友。
B 그럼, 중국 친구도 있어요? 那麼，也有中國朋友嗎？

發音

- 몇 개 → [면 깨], 몇 명 → [면 명]

根據發音規則，몇讀作[면]。這造成以下的發音變化：

1. 當몇的終聲子音[ㄷ]後面接下一個音節的初聲子音ㄱ、ㄷ、ㅂ、ㅅ、ㅈ，ㄱ、ㄷ、ㅂ、ㅅ、ㅈ會硬音化發[ㄲ、ㄸ、ㅃ、ㅆ、ㅉ]的音（請參照第三課）。

   몇 살 [면 쌀]，몇 잔[면 짠]

2. 몇的終聲子音[ㄷ]後面接初聲子音ㄴ或ㅁ時，終聲子音[ㄷ]會鼻音化變音為[ㄴ]的音（請參照第二課）。

   몇 마리 [면 마리]，몇 마디 [면 마디]

補充單字

060. mp3

①
②
③
④
⑤
⑥
⑦
⑧
나
我

1 할아버지 祖父
2 할머니 祖母
3 아버지 爸爸
4 어머니 媽媽
5 형 哥哥（男性稱）
6 누나 姐姐（男性稱）
7 남동생 弟弟
8 여동생 妹妹

오빠 哥哥（女性稱）
언니 姐姐（女性稱）
남편 丈夫
부인 夫人
아내 內人
아들 兒子
딸 女兒
사촌 堂兄弟、堂姐妹

고모 姑姑
이모 阿姨
삼촌 伯伯、叔叔
외삼촌 舅舅
친척 親戚

實用短句

接待客人

A 我能進來嗎？
B 是的，請進。

A 請坐在這邊。
B 好的，謝謝您。

A 您想喝點咖啡嗎？
B 好的，謝謝您。

※ 當某人提供飲品給你時。
A 뭐 드시겠어요？「您想喝點什麼？」
B 녹차 주세요.「請給我綠茶。」

A 謝謝您的咖啡。
B 歡迎下次再來。

自我小測驗

文法

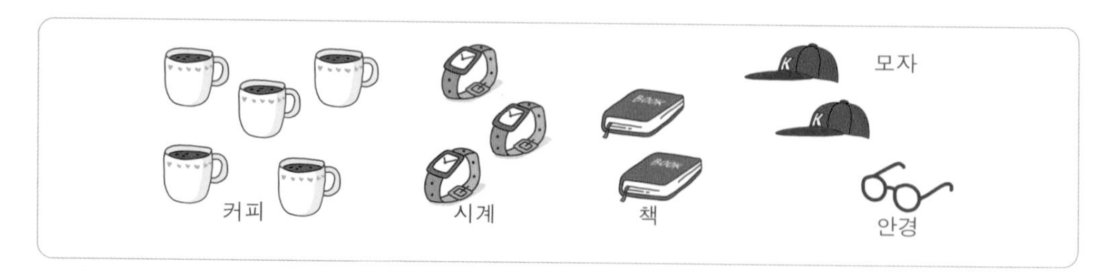

▶ 看圖並選出正確答案。（1～4）

1 모자가 (ⓐ 있어요. / ⓑ 없어요.)

2 가방이 (ⓐ 있어요. / ⓑ 없어요.)

3 안경이 (ⓐ 있어요. / ⓑ 없어요.)

4 휴지가 (ⓐ 있어요. / ⓑ 없어요.)

▶ 看圖並完成對話。（5～7）

Ex. A 시계가 몇 개 있어요?
B ___세___ 개 있어요.

5 A 안경이 몇 개 있어요?
B __________ 개 있어요.

6 A 책이 몇 권 있어요?
B __________ 권 있어요.

7 A 커피가 몇 잔 있어요?
B __________ 있어요.

▶ 看圖並完成對話。（8～9）

8

A 우산 (1)__________?
B 네, 있어요.
A 우산이 (2)__________ 있어요?
B 한 개 있어요.

9

A 한국 친구 (1)__________?
B 네, 있어요.
A 한국 친구가 (2)__________________?
B 두 명 있어요.

聽力

▸ 聽音檔，在空格處填入每件物品的數量。（6～9）

Ex. 의자가 __세__ 개 있어요.

10 동생이 ________ 명 있어요.

11 가방이 ________ 개 있어요.

12 표가 ________ 장 있어요.

13 책이 ________ 권 있어요.

▸ 聽音檔，下列哪一項物品不在手提包裡？

14 뭐가 가방에 없어요?

ⓐ 안경　　ⓑ 우산　　ⓒ 지갑　　ⓓ 휴지

閱讀

▸ 閱讀以下內容，在表格中填入正確的數字。

15 제인은 친구가 몇 명 있어요?

저는 친구가 열 명 있어요.
한국 친구가 네 명, 미국 친구가 세 명, 캐나다 친구가 한 명,
일본 친구가 두 명이 있어요.
그런데 영국 친구가 없어요. 중국 친구도 없어요.

한국 친구	일본 친구	중국 친구	미국 친구	영국 친구	캐나다 친구
__4__ 명	(1)____ 명	(2)____ 명	(3)____ 명	(4)____ 명	(5)____ 명

解答 p.275

韓國文化大不同

Q 為什麼人們用像할아버지這樣的家人頭銜稱呼外人？

學外文時只擔心無法開口說是遠遠不夠的，在韓文裡，你還要為如何稱呼別人傷腦筋。作為一名外國人，只要你不一再地犯一些稱呼上的小錯誤，韓國人會原諒你的！在韓國，你絕對不能直接稱呼比你年長的人的名字。事實上，你必須用適當的家庭成員稱謂來稱呼他們。

不管家庭成員之間的關係多麼親密，稱呼家裡的長輩時都要使用敬語。如果你是女性，那麼你要用언니稱呼姐姐，用오빠稱呼哥哥。如果你是男性，那麼你要用누나稱呼姐姐，用형稱呼哥哥。不過十分有趣的是，這些家裡的稱謂也可以用來稱呼外人。按照孔子的儒家思想，家庭就是社會的縮影，所以用家裡人的稱謂來稱呼外人也表示了社會關係。在中文裡，你可以把任何人稱作「朋友」，但是在韓文裡，친구「朋友」只能指和你同齡的人。年長的朋友（即便只比你大一歲）也不是친구，而是언니、오빠、누나或형（這要由你和你朋友的性別來決定）。

在大街上，你可以稱呼你遇到七八十歲的老年人為할아버지或할머니。儘管아줌마和아저씨本來是只用在家裡的稱謂，現在，它們也用來稱呼許多日常生活中遇到的四五十歲的人，例如計程車司機或商店的老闆。但是在使用它們時要謹慎，這兩個稱謂會帶給人一種親近的感覺，如果誤用，聽的人會感到不舒服。例如，如果你稱呼一位看起來三十歲左右的女子為아줌마，你可能會遭受白眼對待。這和在台灣，你稱呼年輕女生為「歐巴桑」一樣！現在你可以理解，為什麼韓國人在結識別人時，一開始就會詢問「你今年幾歲」了吧？

第06課

전화번호가 몇 번이에요?

你的電話號碼是幾號？

- 漢字數字
- 電話號碼的唸法
- 疑問詞 몇 번
- 이 / 가 아니에요
- 漢字數字的唸法

전화번호가 몇 번이에요?
你的電話號碼是幾號？
010-9729-8534예요.
是010-9729-8534。

漢字數字

儘管平常計數的時候使用固有數字，但是數數的時候還是會使用漢字數字。

1	2	3	4	5	6	7	8	9	10
일	이	삼	사	오	육	칠	팔	구	십

電話號碼的唸法

讀電話號碼時應使用漢字數字。跟中文一樣，韓文通常也要講出每一個數字。「零」獨作공，而「-」讀作[에]。

0	1	0	-	9	7	2	9	-	8	5	3	4
공	일	공	에	구	칠	이	구	에	팔	오	삼	사

疑問詞 몇 번：「幾號」

몇 번用來詢問數字，但它不是指數量，而是指號碼（例如電話號碼、駕照號碼、票券號碼、停車位編號）

A 회사 전화번호가 몇 번이에요? 你們公司的電話是幾號？

B 6359-4278이에요. 是6359-4278。

이 / 가 아니에요：「不是～（名詞）」

文法回顧 p.265

이／가 아니다的意思為「不是N」，完整的句型是主語은／는 N이／가 아니다.表示「主語（A）不是名詞（B）」。通常在口語中，主語會省略，主語省略的同時連帶也省略補助詞은／는。主格助詞이／가接在名詞之後，因此省略主語後的句型會變成N이／가 아니다.

前面無終聲	前面有終聲
(저는) 가수가 아니에요. 我不是歌手。	(폴은) 선생님이 아니에요. （保羅）不是老師。

漢字數字的唸法

千	百	十	
천	백	십	
		6 육십	7 칠
	1 백	2 이십	9 구
5 오천	3 삼백	8 팔십	4 사

注意

韓文讀數字時，除了1以外其他所有1開頭的數字一律省略1不唸，讀作十、百、千、萬。

백 이십 구(o) 一百二十九

일백 이십 구(x)

對話 1

悟 你知道保羅的電話號碼嗎？
智娜 是，我知道。
悟 保羅的電話是幾號？
智娜 等一下，是 010-7428-9135。
悟 010-7428-9135 對嗎？
智娜 是的，沒錯
悟 謝謝。
智娜 不客氣。

사토루 혹시 폴 씨 전화번호 알아요?

지나 네, 알아요.

사토루 폴 씨 전화번호가 몇 번이에요?

지나 잠깐만요. 010-7428-9135예요.

사토루 010-7428-9135 맞아요?

지나 네, 맞아요.

사토루 고마워요.

지나 아니에요.

單字

혹시 或許
전화번호 電話號碼
몇 幾
번 號碼
몇 번 幾號

表現

혹시 … 알아요?
你知道…嗎？
전화번호가 몇 번이에요?
電話號碼是幾號？
잠깐만요. 等一下。
맞아요. 對、沒錯。
고마워요. 謝謝。
아니에요. 不客氣。

會話便利貼

★ 혹시 或許

這是一個放在問句句首的副詞，用來表示一種揣測。在陳述句中使用아마來表示推測。

A 혹시 앤 씨 전화번호를 알아요?
（或許）你知道安的電話號碼嗎？

B 아마 마크 씨가 알 거예요. 馬克可能知道。
（我們會在第15課中學到未來時制）

★ 고마워요.「謝謝。」

在非正式場合和親近的關係中，可以使用這種非格式體尊待語的說法來表達謝意。

對話 2

幼珍 保羅，你知道馬克家裡的電話號碼嗎？
保羅 不，我不知道。不過我知道他公司的電話號碼。
幼珍 馬克公司的電話號碼是幾號？
保羅 等一下，是 6942-7143。
幼珍 是 6942-7243 對嗎？
保羅 不對，不是 7243，是 7143。
幼珍 謝謝你。

유진 폴 씨, 혹시 마크 씨 집 전화번호 알아요?

폴 아니요, 몰라요.
그런데 회사 전화번호는 알아요.

유진 마크 씨 회사 전화번호가 몇 번이에요?

폴 잠깐만요. 6942-7143이에요.

유진 6942-7243 맞아요?

폴 아니요. 7243이 아니에요. 7143이에요.

유진 감사합니다.

單字

집 家
그런데 但是、不過、可是
회사 公司
은/는 補助詞

表現

7243이 아니에요.
不是7243。

會話便利貼

★ **用於對比的補助詞은 / 는**

補助詞은 / 는的另一個作用就是進行比較，或強調兩者之間的差異。例如，說話者不知道某人家裡的電話號碼，但是他知道他的手機號碼：

A 집 전화번호 알아요? 你知道他家裡的電話號碼嗎?
B 아니요, 그런데 핸드폰 번호는 알아요. 不知道，不過我知道他的手機號碼。

★ **아니요 vs. 아니에요**

當你問是非問題時，아니요的意思為「否」，네的意思為「是」。아니에요的意思為「不是（名詞）」；相對的，-예요／이에요的意思為「是（名詞）」。아니에요前面要加主格助詞이／가。

發音

- 잠깐만요 → [잠깐만뇨]

韓語中，當終聲子音後面接母音時，終聲子音會連音至下一個音節，移動到初聲的位置發初聲子音的音。因此，잠깐만요的發音應該是[잠깐마뇨]。但現實中，韓國人可能會念成[잠깐만뇨]。當一個音節的終聲子音為ㄴ、ㅁ，且後面接이、야、여、요、유，이、야、여、요、유的發音就會變成[니、냐、녀、뇨、뉴]。

그럼요 [그러묘]

補充單字

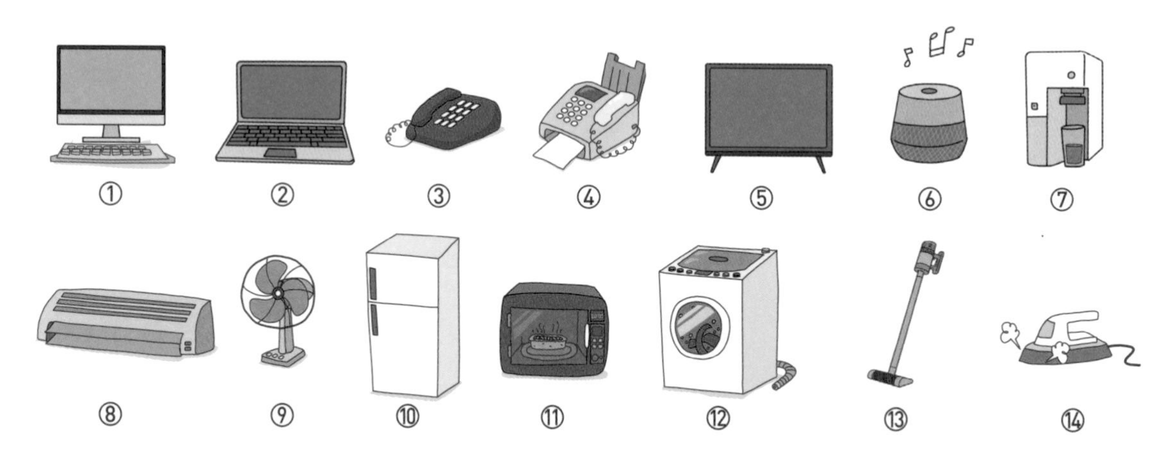

1 컴퓨터 電腦	6 스피커 喇叭	11 전자레인지 微波爐
2 노트북 筆記型電腦	7 정수기 飲水機	12 세탁기 洗衣機
3 전화(기) 電話	8 에어컨 空調	13 청소기 吸塵器
4 팩스 傳真機	9 선풍기 電風扇	14 다리미 熨斗
5 텔레비전 電視	10 냉장고 冰箱	

實用短句

電話用語

A　喂。
B　喂。
這是剛接通電話時的問候用語。

※ 結束電話的禮貌用語：안녕히 계세요 .
「再見。」

A　麻煩請馬克聽電話。
B　好的，請稍等。
這是打電話找某人時的用法。

A　麻煩請馬克聽電話。
B　他現在不在這裡。
對方要找的人不在時的用法。

※ 如果你不知道是誰打來的電話，你可以說실례지만 , 누구세요 ?「不好意思，請問您是哪位？」

A　麻煩請湯姆聽電話。
B　妳打錯電話了。
別人打錯電話時的用法。

自我小測驗

文法

▶ 參考例句，寫出以下的電話號碼。（1～2）

전화번호가 몇 번이에요?

Ex.  3542-3068 → 삼오사이에 삼공육팔이에요.

1  6734-5842 → ______________.

2  010-4328-9267 → ______________.

▶ 看圖並完成對話。（3～4）

3 

A 이게 책상이에요?

B 아니요, 책상______ 아니에요. 의자예요.

4 

A 이게 시계예요?

B 아니요, ______________. 가방이에요.

▶ 選出正確答案以完成句子（5～6）

5 전화가 있어요. 텔레비전이 있어요. 그런데 컴퓨터(은 / 는) 없어요.

6 가방이 있어요. 책이 있어요. 그런데 지갑(은 / 는) 없어요.

聽力

▶ 聽音檔並選出正確的答案。（7～8）

7 병원 전화번호가 몇 번이에요?

ⓐ 794-5269예요.

ⓑ 794-5239예요.

ⓒ 784-5269예요.

8 유진 씨 핸드폰 번호가 몇 번이에요?

ⓐ 010-4539-6027이에요.

ⓑ 010-4529-6027이에요.

ⓒ 010-4539-8027이에요.

▶ 聽音檔並選出正確的答案。

9 ⓐ 폴이 핸드폰이 없어요.

ⓑ 폴이 제인 씨 집을 알아요.

ⓒ 폴이 제인 씨 집 전화번호를 알아요.

ⓓ 폴이 제인 씨 핸드폰 번호를 알아요.

閱讀

▶ 閱讀以下對話，選出正確的答案以完成對話。

10

A 혹시 제임스 씨 집 전화번호 알아요?

B 아니요, (1) ____________

A 그럼, 제임스 씨 사무실 전화번호 알아요?

B 네, 사무실 전화번호는 알아요.

A 전화번호가 (2) ____________

B 7495-0342예요.

(1) ⓐ 알아요.

ⓑ 몰라요.

ⓒ 있어요.

(2) ⓐ 몇 번이에요?

ⓑ 몇 개 있어요?

ⓒ 몇 번 있어요?

Q 為什麼韓國人說自己的年齡要比實際年齡大一到兩歲？

和前面幾課所談到的一樣，年齡對於韓國人來說非常重要。在韓國，年齡在某個程度上決定了人的社會地位，並且影響著和別人交流的方式。那麼，為何韓國人在計算年齡的時候和西方國家的方式不同呢？

首先，韓國人把嬰兒在媽媽子宮裡的時間也算進年齡裡面，因此剛生下來的嬰兒就算一歲了，這有點像臺灣「虛歲」的算法。還有，韓國人和西方人計算生日的方式也不一樣。

再者，按照韓國的傳統慣例，在農曆新年的第一天早晨開始時，每個人都要喝떡국（年糕湯），這樣就把一歲給吃掉了（韓國人說한 살을 먹다）。所以，不管你實際的生日是哪一天，在韓國，即使是生日未到，但隨著新年的到來，你的年齡就算長了一歲。因此，從一年的角度來說，韓國人的年齡都要比西方人的計算方式大一到兩歲。這可能會在年齡上造成很大的差異。

例如：如果一個孩子十二月出生，他來到這個世界上的時候就是一歲，然而到一月份的時候他就變成了兩歲。在韓國，如果為了正式的目的需要某人寫下他的年齡，他既可以寫下他的出生日期（年／月／日），也可以按照西方人的計算方式寫下自己的年齡，並且在前面添加單字만（滿）。一些想讓自己「小一兩歲」的韓國人會一直使用在年齡前加만的計算方法。

第 07 課

생일이 며칠이에요?

你的生日是哪天？

- 日期的唸法（年／月／日）
- 疑問詞 언제和며칠
- 요일
- 時間助詞에

日期的唸法（年／月／日）

韓語中，日期要用漢字數字從大單位讀到小單位。也就是先讀年，再讀月，最後讀日。

疑問詞 언제：「什麼時候」和 며칠：「哪一天」

附錄 p.262

詢問某事件即將發生或發生過的時間點，使用언제。但是，如果要詢問具體的日期，則使用며칠。

1 A 생일이 언제예요? 你的生日是什麼時候？

B 3월 17일이에요. 三月十七日。

2 A 한글날이 며칠이에요? 韓文節是哪一天？

B 10월 9일이에요. 十月九日。

언제 시간이 있어요?
你什麼時候有空？

토요일에 시간이 있어요.
我星期六有空。

● 요일：星期

월요일	화요일	수요일	목요일	금요일	토요일	일요일
星期一	星期二	星期三	星期四	星期五	星期六	星期天

星期幾都是放在日期的最後來說。例如：2021년 8월 15일 일요일

A 오늘이 무슨 요일이에요? 今天是星期幾？

B 토요일이에요. 今天是星期六。

● 時間助詞에

在韓文中，表示時間的詞彙會與助詞에搭配使用，這個助詞放在時間的後面。

A 언제 태권도 수업이 있어요? 你什麼時候有跆拳道課？

B 토요일에 있어요. 在星期六。

一個句子中只使用一次助詞 에，並把它放在最小的時間單位後面。

A 다음 달 15일 저녁에 시간 있어요? 你下個月在15號晚上有空嗎？

B 미안해요. 시간 없어요. 不好意思，我沒空。

對話 1

保羅 智娜，妳的生日是幾號？
智娜 是六月十四日。保羅，你什麼時候生日？
保羅 是這個週五。你週五有空嗎？
智娜 嗯，有空。
保羅 那麼到時候一起吃飯吧。
智娜 好啊！

폴 지나 씨, 생일이 며칠이에요?

지나 6월 14일이에요.
폴 씨는 생일이 언제예요?

폴 이번 주 금요일이에요.
금요일에 시간 있어요?

지나 네, 시간 있어요.

폴 그럼, 그때 같이 식사해요.

지나 좋아요.

單字

생일 生日
며칠 幾號
월 月
일 日
언제 什麼時候
이번 주 這週
금요일 星期五
에 時間助詞
시간 時間
그때 那時、屆時
같이 一起
식사해요 (I) 用餐

表現

생일이 며칠이에요?
你的生日是哪一天？
생일이 언제예요?
你的生日是什麼時候？
금요일에 시간 있어요?
週五有空嗎？
그때 같이 식사해요.
到時候我們一起吃飯吧。
좋아요. 好啊！

會話便利貼

★ 그때 같이 식사해요.「**到時候我們一起吃飯吧。**」
같이可用來提議大家一起做某事。在一些非正式的場合，可以這樣使用：그때 같이 식사해요.在一些正式的場合，같이和勸誘型語尾(으)ㅂ시다搭配使用。在這種情況下，會正式地說成그때 같이 식사합시다.

★ 좋아요.「**好啊！**」
用於表示對某提議的認可。

對話 2

幼珍 保羅，生日快樂！
保羅 謝謝。幼珍，妳的生日是什麼時候？
幼珍 農曆八月十五號。
保羅 農曆八月十五號，那麼妳的生日是中秋節嗎？
幼珍 是的，沒錯。
保羅 啊，這樣啊。

유진 폴 씨, 생일 축하합니다.

폴 감사합니다.
유진 씨는 생일이 언제예요?

유진 음력 8월 15일이에요.

폴 음력 8월 15일. 그럼, 추석이 생일이에요?

유진 네, 맞아요.

폴 아, 그래요?

單字

음력 農曆
추석 中秋節

表現

축하합니다. 恭喜！
생일 축하합니다.
生日快樂！

會話便利貼

★ 생일 축하합니다.「**生日快樂！**」
祝賀某人某事的時候使用축하합니다這樣的表達方式。先說出所要祝賀的事情（名詞），接著再說出축하합니다。

★ 음력 생일.「**農曆生日**」
按照傳統，韓國人使用農曆記事，不過從1894年以來，韓國人同時使用國曆和農曆。農曆的日期通常比國曆的日期遲一個月左右。目前，由於西方國家的影響，正式時間表中都使用國曆。儘管如此，農曆仍然用在某些特定的節日裡，例如農曆新年、中秋節以及傳統的節日。許多韓國的年長者至今仍以農曆來慶祝他們的生日。

發音

- 축하 → [추카]

當終聲子音ㄱ、ㄷ、ㅈ後面接初聲子音ㅎ，或終聲子音ㅎ接初聲子音ㄱ、ㄷ、ㅈ，ㄱ、ㄷ、ㅈ會激音化發[ㅋ, ㅌ, ㅊ]的音。

(1) ㄱ → [ㅋ] 국화 [구콰], 어떻게 [어떠케]

(2) ㄷ → [ㅌ] 맏형 [마텽], 좋다 [조타]

(3) ㅈ → [ㅊ] 젖히다 [저치다], 넣지 [너치]

補充單字

注意

작년應讀為[장년]。
작년 去年
올해 今年
내년 明年

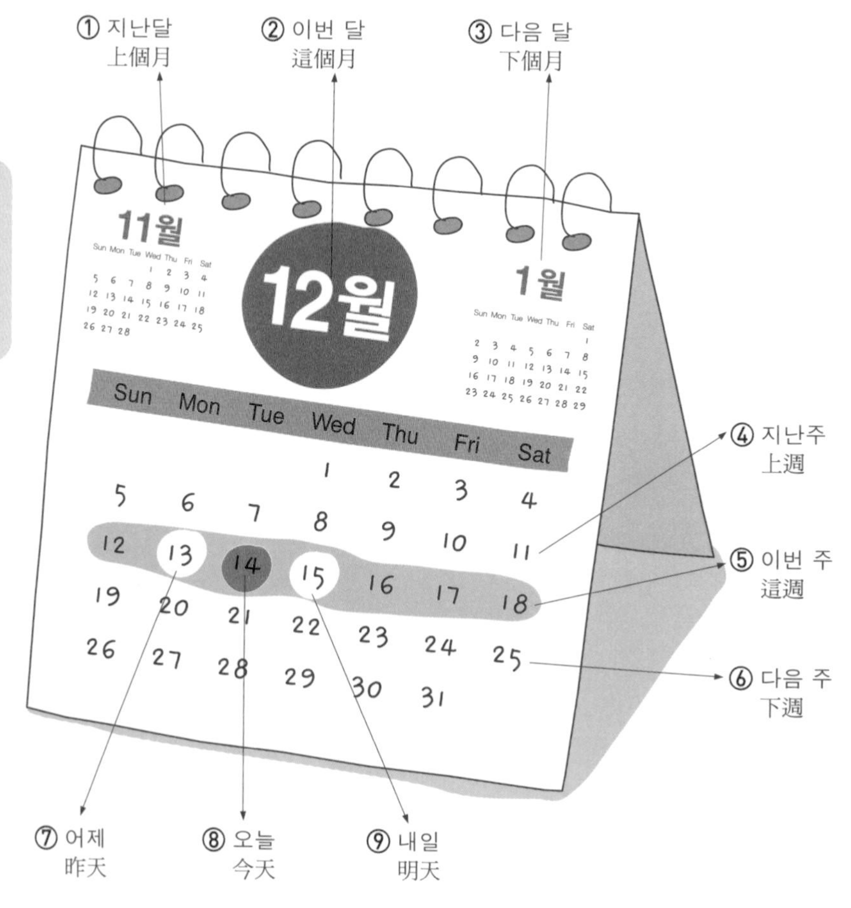

實用短句

宴會用語

A　恭喜！
B　謝謝。
這是表達祝賀的方式。

A　請慢用！
B　好的，謝謝！
這是請對方開始用餐時的招呼語。

※ 在別人邀請你進餐的時候，用餐之前應該說：잘 먹겠습니다.「我會好好品嘗的。」（我要開動了。）

A　請再多吃一點吧！
B　不了，我已經吃飽了。
這是請對方多吃一點的招呼語。

※當別人邀請你進餐時，吃完之後應該說：잘 먹었습니다.「我吃得非常盡興。」（我吃飽了。）

自我小測驗

文法

▶ 參考例句，將下列題目改用全韓文書寫。（1～2）

며칠이에요?

Ex.

3월 25일 → 삼 월 이십오 일

1 7월 14일 → ____________

2 10월 3일 → ____________

▶ 選出正確答案並完成對話。（3～5）

3 A 생일이 (ⓐ 어디예요? / ⓑ 며칠이에요?)

B 3월 31일이에요.

4 A 파티가 (ⓐ 언제예요? / ⓑ 어디예요?)

B 다음 주 금요일이에요.

5 A 오늘이 (ⓐ 언제예요? / ⓑ 며칠이에요?)

B 9월 4일이에요.

▶ 請完成下列對話。（6～7）

6 A 언제 파티가 있어요?

B 11월 15일__________ 파티가 있어요.

7 A __________ 회의가 있어요?

B 다음 주 월요일에 회의가 있어요.

聽力

▶ 聽音檔選出正確的答案。（8～9）

8 파티가 언제예요?

ⓐ 7월 13일 ⓑ 7월 14일 ⓒ 8월 13일 ⓓ 8월 14일

9 파티가 무슨 요일이에요?

ⓐ 금요일 ⓑ 토요일 ⓒ 일요일 ⓓ 월요일

閱讀

▶ 閱讀並選出正確的答案。（10～11）

10월 8일이 리에 씨 생일이에요. 목요일이에요.
그런데 목요일에 시간이 없어요.
그래서 리에 씨가 10월 9일 금요일에 파티해요.

10 리에 씨 생일이 며칠이에요?

ⓐ 시 월 팔 일 ⓑ 시 월 구 일 ⓒ 십 월 팔 일 ⓓ 십 월 구 일

11 뭐가 맞아요?

ⓐ 리에 씨 생일이 금요일이에요. ⓑ 리에 씨가 10월 8일에 파티해요.

ⓒ 리에 씨가 목요일에 시간이 있어요. ⓓ 리에 씨 생일 파티가 금요일이에요.

解答 p.275

韓國文化大不同

Q 你參加過韓國傳統的生日宴會嗎？

不同的社會和文化有不同的生日傳統，對於幾歲生日具有特殊意義也有著不同的想法。猶太人在十三歲的時候會舉行一次特殊的成人禮；美國人會在「甜蜜的十六歲」或是二十一歲，舉辦一次特殊的生日宴會；韓國人則會在一歲和六十歲時舉辦特殊的生日宴會。在韓國，第一個生日叫做돌잔치（韓國人不以孩子出生的那天作為第一次慶生的日子），六十歲生日叫做환갑（花甲宴）。

過去，韓國新生嬰兒的死亡率很高，因此嬰兒一週歲的生日就變成了慶祝孩子存活下來的聚會。家庭成員，所有的親朋好友聚集在一起，品嘗美食並慶祝新生兒的健康，祝福他的未來。聚會上，新生兒會被放在一堆物品的前面坐著，這些物品象徵著他或她的將來，例如，生的米、鉛筆、一段很長的細繩，新生兒抓住的物品將代表著他或她的將來。因此，如果新生兒抓住了米，韓國人會認為這個孩子將來不愁吃穿，過著衣食無憂的舒適生活。鉛筆或書象徵著孩子會成為一名學者；細繩則代表孩子會健康長壽，這種對於新生兒的預言叫做돌잡이。近年來，韓國人在桌面的物品中添加了錢、彩券、麥克風以及其他一些現代物品，來代表現代的一些職業和生活方式。

慶祝六十歲生日的환갑也起源於古代社會，那時人們的生命期限短，相對來說，只有少數人可以活到六十歲；六十週歲的生日主要是慶祝父母的健康長壽。孩子為他們的父母拋去환갑（有時叫做회갑），為他們送上新衣服，並且邀請所有的親戚參加生日宴會。

第08課

보통 아침 8시 30분에 회사에 가요.

我通常早上八點半去上班。

- 時間的表達方式
- 疑問詞 몇 시和몇 시에
- 地方助詞에
- 表示時間的助詞 ~부터~까지

時間的表達方式

在韓文中讀時間的時候，小時和分鐘的數字唸法不同。小時的部分要讀固有數字，而分鐘的部分則要讀漢字數字。

10시	10분
열	십
固有數字	漢字數字

2시
두

6시
여섯

11시
열 한

1시 20분
한 이십

4시 45분
네 사십오

7시 30분
일곱 삼십
= 반（半小時）

口語中，韓國人習慣使用12小時制，會在時間之前表達是上午或下午。

아침 8시예요. 早上8點。
저녁 8시예요. 晚上8點。

疑問詞 몇 시：「幾點」

附錄 p.263

詢問時間的時候使用疑問詞몇 시。

1 A 지금 몇 시예요? 現在是幾點？
B 2 (두) 시예요. 兩點。

2 A 지금 몇 시예요? 現在是幾點？
B 7 (일곱) 시 45 (사십오) 분이에요. 七點四十五分。

몇 시에 학교에 가요?
你幾點去上學？
보통 9시에 가요.
通常都是九點鐘
去上學。

● 地方助詞에

使用動詞「去」和「來」가요 / 와요時，要在地點後面加上助詞에。回憶一下我們在第4課中學過的助詞에和있어요 / 없어요的用法。

A 어디에 가요? 你要去哪裡？

B 학교에 가요. 我要去學校。

● 疑問詞 몇 시에：「幾點」

想要知道某事發生的具體時間時，要使用疑問詞몇 시搭配助詞에。

A 몇 시에 집에 가요? 你幾點回家？

B 저녁 8시에 집에 가요. 晚上八點的時候回家。

● 表示時間的助詞 ~부터 ~까지：「從~到~」

文法回顧 p.266

當我們在討論某件事情持續的時間時，使用助詞부터「從~」表示事情的開始時間，使用助詞까지「到~」表示事情結束的時間。

오후 3시부터 5시까지 회의가 있어요. 從下午三點到五點有會議。

如果上下文很明確，或想要強調一個時間點或是另一個時間，可以省略掉부터或까지其中之一。

A 언제부터 휴가예요? 你從什麼時候開始休假？

B 내일부터 휴가예요. 我從明天開始休假。

對話 1

珍 仁浩，你現在要去哪裡？
仁浩 去公司。
珍 現在是 7 點，你每天都很早去公司嗎？
仁浩 沒有，我今天早上有事。
珍 這樣啊？你通常幾點去公司？
仁浩 通常早上八點半去公司。
珍 那麼，通常幾點回家？
仁浩 通常晚上七點半到家。

제인 인호 씨, 지금 어디에 가요?

인호 회사에 가요.

제인 지금 7시예요. 매일 일찍 회사에 가요?

인호 아니요, 오늘 아침에 일이 있어요.

제인 그래요? 보통 몇 시에 회사에 가요?

인호 보통 아침 8시 30분에 회사에 가요.

제인 그럼, 보통 몇 시에 집에 와요?

인호 보통 저녁 7시 반에 집에 와요.

單字

지금 現在
에 地方助詞、時間助詞
가요 (I) 去
시 點（時間）
매일 每天
일찍 早
오늘 今天
보통 通常
몇 시에 幾點
아침 早上
일 事情、工作
분 分
와요 (I) 來
저녁 傍晚、晚上
반 半

表現

지금 어디에 가요?
你現在要去哪裡？
오늘 아침에 일이 있어요.
今天早上有事。
보통 몇 시에 회사에 가요?
你通常幾點去上班？
몇 시에 집에 와요?
你幾點回家？

會話便利貼

★ 가요 / 와요「去／來」

地方助詞에接在動詞가요（去）和와요（來）之前。如果動詞와요搭配出發地點一起使用，助詞要使用에서，表示「從…來」。

폴 씨가 저녁 7시에 집에 가요. 保羅晚上七點回家。
선생님이 우리 집에 와요. 老師來我家。
마크 씨가 미국에서 왔어요. 馬克來自美國。

★ 몇 시에 VS. 언제

請看下方例句。像這樣的表達，可使用언제取代몇 시에。但請注意，언제不可與時間助詞에搭配使用。

몇 시에 집에 와요?
= 언제 (o) 언제에 (x)

對話 2

理惠 保羅，你現在要去哪裡？
保羅 我要去學校。
理惠 你通常幾點到幾點有課？
保羅 通常從上午九點到下午一點有課。
理惠 那麼，你幾點回到家？
保羅 我大約下午三點到家。

리에 폴 씨, 지금 어디에 가요?

폴 학교에 가요.

리에 보통 몇 시부터 몇 시까지 수업이 있어요?

폴 보통 아침 9시부터 오후 1시까지 수업이 있어요.

리에 그럼, 몇 시에 집에 와요?

폴 오후 3시쯤에 집에 와요.

單字

학교 學校
부터 從（時間）
까지 到（時間）
수업 課
오후 下午
쯤 大約

表現

학교에 가요.
去學校。
몇 시부터 몇 시까지 수업이 있어요?
你從幾點到幾點有課？
오후 3시쯤에 집에 와요.
大約下午3點回到家

會話便利貼

★ **時間概念從大到小**
和日期的表達方式一樣，時間表達也是從大單位到小單位
금요일 아침 9시 (o)　　9시 아침 금요일 (x)

★ **句子語順：（時間）에＋（地點）에＋와요**
韓語中，字彙的順序相當自由。不論是不是先講時間再講地點都無所謂，只要動詞와요擺在句尾即可。
저녁 7시에 집에 와요.　晚上七點回到家。

★ **쯤「大概、關於、幾乎、類似於、左右」**
用來大略估測數字或時間。

發音

● 옷 → [옫], 옷이 → [오시]

在第一個例子中，當옷為獨立音節且下一個音節不是以母音開頭時，옷的終聲子音ㅅ讀作[ㄷ]。在第二個例子中，當옷為獨立音節且下一個音節接母音時，옷的終聲子音ㅅ會連音至下一個音節，作為下一個音節的初聲子音，發ㅅ的音。

(1) 낮 → [낟], 낮이 → [나지]
(2) 앞 → [압], 앞에 → [아페]
(3) 부엌 → [부억],부엌에 → [부어케]

補充單字

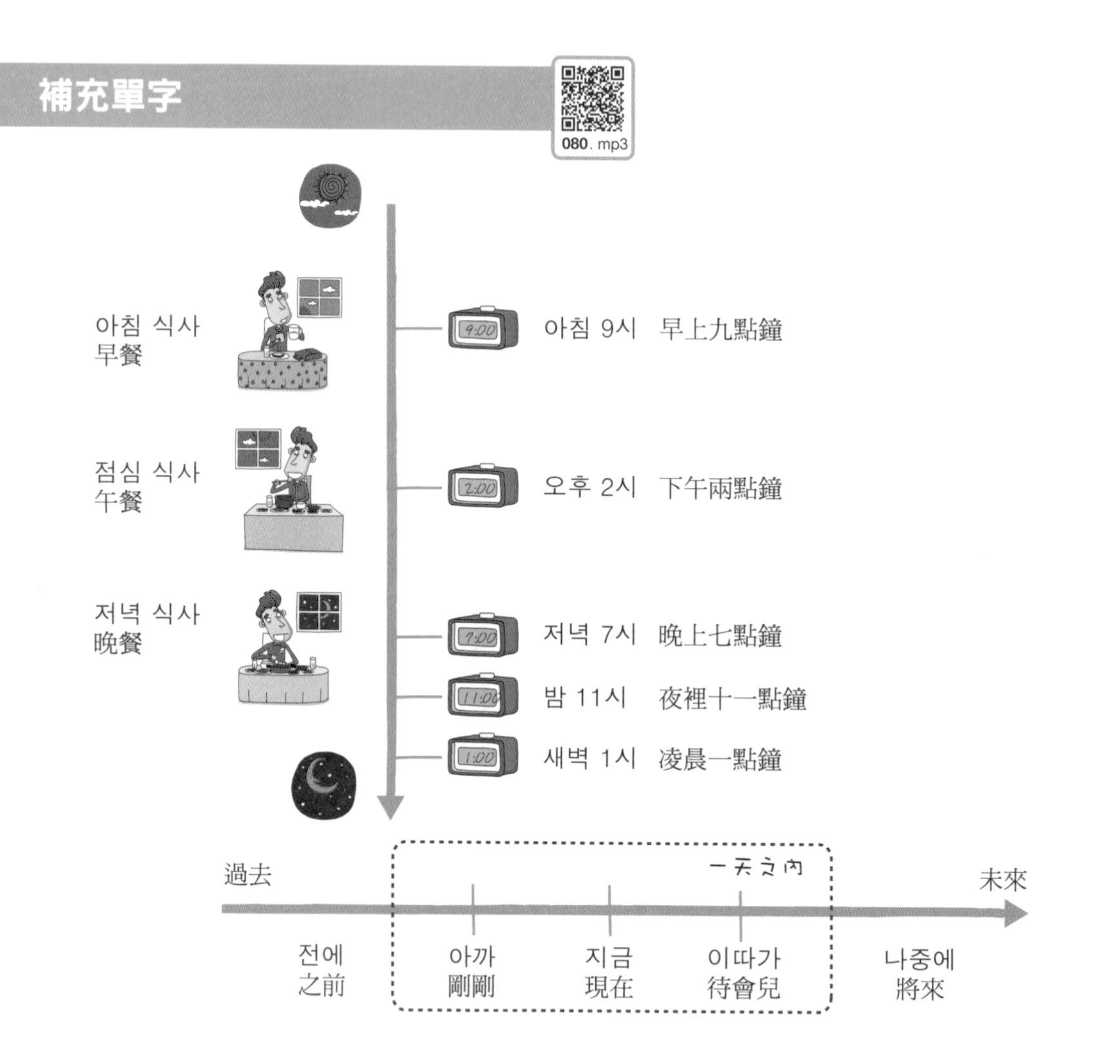

實用短句

韓文中，同樣的意思可以有不同的表達方式，這主要取決於談話的場景和談話對象。

道歉用語

죄송합니다.
괜찮아요.

A　對不起！
B　沒關係。
用於正式場合禮貌説話時。例如對顧客、比自己年長的人或陌生人。

미안해요.
괜찮아요.

A　抱歉！
B　沒關係。
用於半正式場合禮貌説話時。例如對關係親近的同事。

A　不好意思！
B　沒關係。
用於非正式場合友善交談時。例如對同學或童年時期好友。

自我小測驗

文法

▶ 參考例句與圖片，寫出正確的時間。（1～2）

지금 몇 시예요?

Ex.  → 다섯 시 십 분이에요.

1  → ________.

2  → ________.

▶ 參考例句並完成以下對話。（3～4）

Ex. 

→ A 몇 시에 식당에 가요?
B 열두 시 삼십 분에 식당에 가요.

3 A 몇 시에 집에 와요?
B ________에 집에 와요.

4 A 몇 시에 은행에 가요?
B ________ 은행에 가요.

▶ 看圖並完成以下對話。（5～6）

開始 → 結束

5 A 몇 시부터 몇 시까지 회의가 있어요?
B 1시________ 2시 30분________ 회의가 있어요.

開始 → 結束

6 A 몇 시부터 몇 시까지 수업이 있어요?
B ________________ 수업이 있어요.

聽力

▶ 聽音檔，在鐘面上畫出正確的時間。

7 

8 

9 

▶ 聽音檔並寫下正確答案。

10 인호 씨가 어디에 가요?　　회사 → (1)______ → 집

몇 시에 가요?　　(2) [:] → [04:20] → (3) [:]

閱讀

▶ 仔細閱讀並完成以下表格。

11

時間表

時間	做什麼
(1)	학교
10:00~1:00	(2)
(3)	회사
(4)	회의
7:00	(5)

아홉 시 삼십 분에 학교에 가요.
열 시부터 한 시까지 한국어 수업이 있어요.
그리고 두 시에 회사에 가요.
세 시 반부터 다섯 시까지 회의가 있어요.
일곱 시에 집에 가요.

韓國文化大不同

Q 和韓國人碰面的時候，最好的問候方式是什麼？

不論一天中的什麼時間，當你碰見某個人的時候，你都可以用「안녕하세요?」來問候他。韓文中沒有與「早安」、「午安」或 「晚安」對等的表達方式，所以你任何時候都可以用「안녕하세요？」來問候別人。

但是，如果你在早上已經碰見了某個人，後來又碰到他，這種情況，你可以嘗試說「식사했어요?（用過餐了嗎？）」韓國人在用餐時間互相見面的時候，通常都會詢問對方是否吃過飯了。但是不要誤解，這並不是在邀請你一起用餐，這只是一個問候而已。這一點，臺灣人應該很能夠體會。

在韓國，飲食是人們常談論的普通話題。當你在街上遇到朋友的時候，可以問他是否吃過飯了，順便可以提議下次一起出去吃個飯。但是對於這些提議不用太認真，這些只是問候和交談的方式，並不是真正的邀請。

不過儘管如此，當韓國人真的邀請你去吃飯的時候，你會發現韓國人一點也不小氣。韓國人認為，殷勤好客就是要保證為客人準備充足的食物，而且絕對不能有桌上食物都吃光的情況出現。開始用餐的時候，主人會說많이 드세요.（請多吃一點。）對客人來說，要想吃光主人竭盡全力準備的所有食物，也是一件困難的事情。所以，客人往往會吃得過多，儘管這並不是客人的本意。

所以有機會的時候，不妨試試這些問候表達：「식사했어요?」和「많이 드세요.」

第09課

집에 지하철로 가요.

我搭地鐵回家。

- 期間
- 地方助詞 ~에서 ~까지
- 疑問詞 어떻게和얼마나
- 表示交通方式的助詞：(으)로

● 時間長度

文法回顧 p.266

如果要表達時間長度，動詞 걸려요 會加在時間長度之後。분（分）、일（日）、년（年）都會以漢字數字表達，而 시간（小時）、달（月）會以固有數字表達。

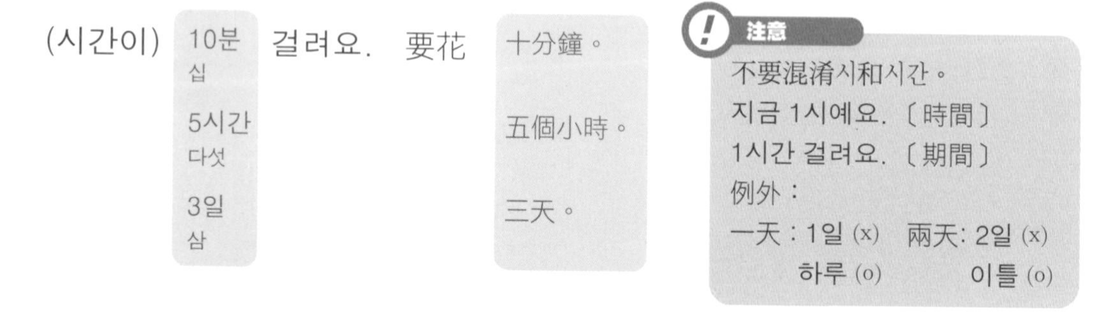

(시간이)			要花	
	10분 십	걸려요.		十分鐘。
	5시간 다섯			五個小時。
	3일 삼			三天。

注意

不要混淆시和시간。
지금 1시예요.〔時間〕
1시간 걸려요.〔期間〕
例外：
一天：1일 (x) 兩天: 2일 (x)
하루 (o) 이틀 (o)

● 表示地方助詞 ~에서 ~까지：「從～到～」

文法回顧 p.266

想要表達兩地的距離時，在離開的地點後加上助詞에서，在到達的地點後加上助詞까지。如果上下文明確，可以省略其中一個助詞。

(집에서) 회사까지 50분 걸려요.

（從家裡）到公司要花五十分鐘。

想知道……

…부터 …까지
從～（時間）到～（時間）
…에서 …까지
從～（地點）到～（地點）

● 疑問詞 얼마나：「多久／多少時間」

詢問持續時間長短的時候，使用疑問詞얼마나，如果上下文明確，可以省略시간이。

A 여기에서 학교까지 (시간이) 얼마나 걸려요?
從這裡到學校需要花費多少時間？

B 1시간 10분 걸려요. 花費一小時十分鐘。
한 십

어떻게 제주도에 가요?
你要怎麼去濟州島？
?
비행기로 가요.
搭飛機去。

表示交通方式的助詞：(으)로

表達到達某地使用的交通方式，使用助詞(으)로。如果該交通工具的單字是以母音結尾，後面接로；如果該交通工具的單字是以子音結尾，後面接(으)로。

버스	로 가요.	我搭	公車去。
비행기			飛機去。
지하철			地鐵去。
자가용	으로 가요.	我搭	轎車去。

※걸어서 가요.　我用走的去。

注意

如果該交通工具的單字是以子音ㄹ結尾，只能使用로。

지하철로 (o)

지하철으로 (x)

疑問詞 어떻게：「如何、怎麼」

詢問別人如何到達某個地方的時候，使用疑問詞어떻게。

1 A 어떻게 중국에 가요?　　你如何去中國？

B 비행기로 가요.　　搭飛機去。

2 A 부산에서 어떻게 서울에 와요?　　你要怎麼從釜山來首爾？

B 기차로 와요.　　搭火車

對話 1

悟　你家在哪裡？
幼珍 在木洞。
悟　木洞離這裡遠嗎？
幼珍 不，很近。
悟　從這裡到木洞需要多久的時間？
幼珍 大約要花三十分鐘。
悟　是步行嗎？
幼珍 不，搭地鐵。

사토루 집이 어디예요?

유진 목동이에요.

사토루 목동이 여기에서 멀어요?

유진 아니요, 가까워요.

사토루 여기에서 목동까지 시간이 얼마나 걸려요?

유진 30분쯤 걸려요.

사토루 걸어서 가요?

유진 아니요, 지하철로 가요.

單字

목동 木洞（位於首爾）
에서 從
까지 到（地點）
여기에서 從這裡
멀어요 遠
가까워요 近
시간 時間
얼마나 多久的時間
걸려요 花費（時間）
걸어서 步行
지하철 地鐵
(으)로 表交通方式的助詞

表現

집이 어디예요?
你家在哪裡？
목동이 여기에서 멀어요?
木洞離這裡遠嗎？
여기에서 목동까지 시간이 얼마나 걸려요?
從這裡到木洞需要多久的時間？
걸어서 가요?
走路去嗎？
지하철로 가요.
搭地鐵前往。

會話便利貼

★ **助詞에서 vs. 助詞부터**

韓文中助詞에서代表空間的「來自、從」，而助詞부터代表時間的「從」。

〔空間〕起點에서目的地까지：한국에서 미국까지從韓國到美國
〔時間〕起始時間부터結束時間까지：3시부터 5시까지從三點到五點

★ **30분和반的比較**

談論「期間」時請留意，雖然可以說「1시간 반 걸려요.」但不能說「반 걸려요.」

30분 걸려요. (o)
= 반 (x)

1시간 30분 걸려요. (o)
= 1시간 반 (o)

對話 2

理惠　你通常幾點起床？
詹姆士　通常早上六點起床。
理惠　你怎麼這麼早起？
詹姆士　因為我家離學校太遠了。
理惠　通勤要多久時間？
詹姆士　大約要花一小時二十分鐘。
理惠　哇！真的遠。那麼，你怎麼來學校的？
詹姆士　我搭公車來。

리에　보통 몇 시에 일어나요?

제임스　보통 아침 6시에 일어나요.

리에　왜 일찍 일어나요?

제임스　집에서 학교까지 너무 멀어요.

리에　시간이 얼마나 걸려요?

제임스　1시간 20분쯤 걸려요.

리에　와! 정말 멀어요.
그럼, 어떻게 학교에 와요?

제임스　버스로 와요.

單字

일어나요 起床
왜 為什麼
너무 太、非常
시간 時間、小時
정말 真的
어떻게 如何、怎麼
버스 公車

表現

보통 몇 시에 일어나요?
通常幾點起床？
왜 일찍 일어나요?
為什麼起這麼早？
너무 멀어요. 太遠了。
와! 哇！
정말 멀어요. 真的好遠。
어떻게 학교에 와요?
你怎麼來學校？
버스로 와요. 搭公車來。

會話便利貼

★ 나와요「出來」

나와요「出來」是由兩個動詞나다+오다組合而成。

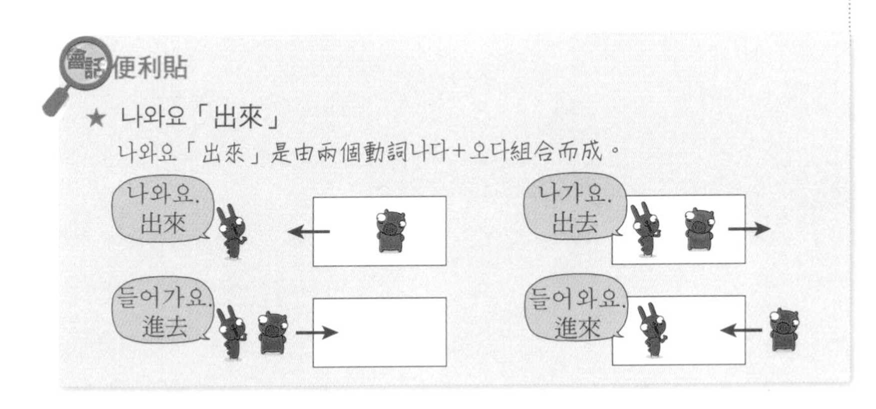

發音

● 지하철로

子音ㄹ所處的位置不同，它的發音也有所不同。終聲ㄹ的發音比較接近英語中[l]的發音；初聲ㄹ的發音則比較接近英語[r]的發音。如果終聲ㄹ後面緊跟著初聲ㄹ，則兩個都發[l]。

⑴ 결려요

⑵ 어울려요

⑶ 불러요

補充單字

①

②

③

④

⑤

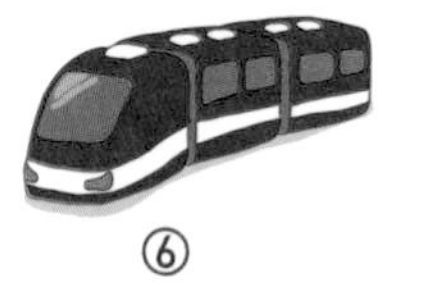
⑥

⑦

⑧

⑨

1 자동차(로)　（搭）汽車
2 버스(로)　（搭）公車
3 지하철(로)　（搭）地鐵
4 택시(로)　（搭）計程車
5 비행기(로)　（搭）飛機
6 기차(로)　（搭）火車
7 배(로)　（搭）船
8 자전거(로)　（搭）腳踏車
9 걸어서　步行

日常生活用語

A 請等一下！
B 您慢慢來。

A 對不起！
B 別放在心上。

A 沒問題嗎？
B 沒問題的。

A 需要花多久的時間呢？
B 那得視情況而定。

自我小測驗

文法

▶ 看圖並填入正確答案。（1～3）

시간이 얼마나 걸려요?

1 01:00 ···▸ 01:30 ______________ 걸려요.

2 04:00 ···▸ 05:00 ______________ 걸려요.

3 06:00 ···▸ 08:40 ______________ 걸려요.

▶ 看圖並完成對話。（4～6）

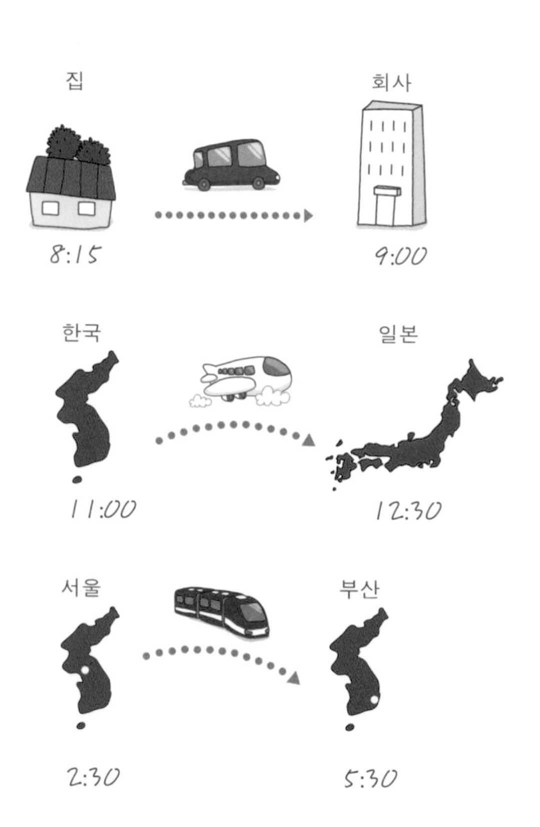

4 A 집에서 회사까지 어떻게 가요?

B (1) ______________ 가요.

A 시간이 얼마나 걸려요?

B (2) ______________ 걸려요.

5 A 한국에서 일본까지 어떻게 가요?

B (1) ______________________.

A 시간이 얼마나 걸려요?

B (2) ______________________.

6 A 서울에서 부산까지 어떻게 가요?

B (1) ______________________.

A 시간이 얼마나 걸려요?

B (2) ______________________.

聽力

▸ 看以下圖片，聽音檔並選出正確答案。（7～9）

閱讀

▸ 閱讀並選出正確答案。（10～11）

집에서 회사까지 멀어요. 시간이 많이 걸려요.
버스로 한 시간 십 분 걸려요. 지하철로 오십오 분 걸려요.
자동차로 사십 분 걸려요. 그런데 저는 자동차가 없어요.
그래서 보통 지하철로 회사에 가요.

제임스

10 집에서 회사까지 버스로 시간이 얼마나 걸려요?

ⓐ 10일 걸려요. ⓑ 1월 1일이에요.

ⓒ 1시 10분이에요. ⓓ 1시간 10분 걸려요.

11 뭐가 맞아요?

ⓐ 55분에 집에 가요. ⓑ 회사가 집에서 멀어요.

ⓒ 보통 버스로 회사에 가요. ⓓ 제임스 씨는 자동차가 있어요.

韓國文化大不同

Q　首爾的公共運輸

幾乎所有住在首爾的外國人都認為首爾的運輸系統很便宜。如果你住在首爾西部（例如金浦機場附近）而你想去北首爾的北漢山，費用只要1000～2000韓元（約24～48元台幣）。是因為首爾面積小嗎？並非如此，首爾的運輸系統之所以如此便宜和發達，是因為它的人口。首爾至少擁有韓國20%人口，約1000萬人（2017年統計數據）。需要搭公共汽車或地鐵嗎？請繼續看下去！

首先，如果你打算在首爾停留一周以上，買一張交通卡是個好主意。每次乘坐公車或地鐵時，只需在上下車時將交通卡靠上讀卡機即可。當然也可以用現金，不過對需要轉乘的旅客來說，支付現金不會比使用交通卡來得划算。如果你使用交通卡在搭乘公車或地鐵後30分鐘內轉乘另一班公車或地鐵，就不用支付額外費用。如果你的旅程超過10公里，只需多支付100韓元（約2塊錢台幣）。此外，如果你使用交通卡而不是現金，每趟旅程還可獲得100韓元折扣。

除了價格實惠之外，乘坐公車或地鐵通常比開車更快。當道路交通壅塞時，地鐵運行頻繁且準時，甚至公車也常常比汽車快得多。因為在交通高峰期，許多路段都有公車專用道。你可以使用交通卡乘坐計程車、借用自行車、在24小時營業的便利商店購物。

更多有關首爾公共運輸系統的資訊，請訪問首爾市網站：
https://tchinese.seoul.go.kr/

首爾市官方網站

第 10 課

전부 얼마예요?

總共多少錢？

- 價格的唸法
- 疑問詞 얼마
- 名詞 주세요
- 助詞 하고

● 價格的唸法

在韓國，價格是讀漢字數字。儘管以阿拉伯數字表示時，每三位數字後標一個逗號，但閱讀時基本的數字單位是만（萬），만位於第四位數之後。

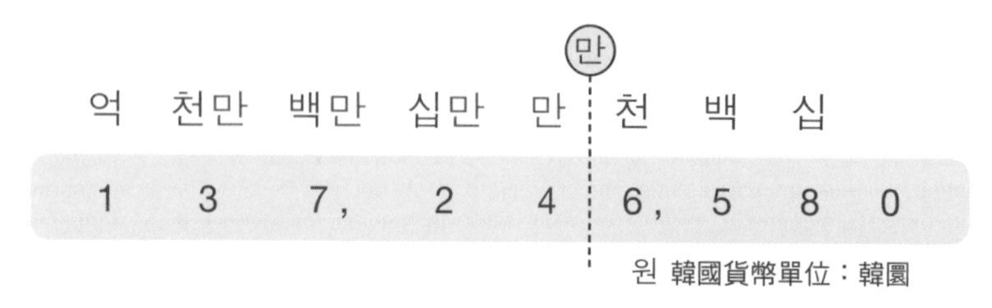

儘管我們會說「一千」、「一百」等等，但在韓文中，數字以「一」開始時，「一」並不需要唸出來。

注意

當「一」不是第一位數字時，就必須要唸出來

210,000원 : 이십일만 원 (o)
이십만 원 (x)

注意

16	십육 [심뉵]
60,000	육만 [융만]
100,000	십만 [심만]
1,000,000	백만 [뱅만]

● 疑問詞 얼마：「多少」

詢問價格時使用疑問詞얼마，얼마後面接예요，且얼마예요一定出現在句尾。

A 커피가 얼마예요? 咖啡多少錢？

B 3,500원이에요. 3,500韓圓。

名詞 주세요：「請給我名詞」

索取某項物品時，使用這種句型，在索取的事物（名詞）後面加上주세요。為了讓這種表達更有禮貌，在名詞和주세요之間加上좀（這也是「請」的意思）。

1 A 영수증 주세요. 請給我收據。
B 여기 있어요. 給您。

2 A 물 좀 주세요. 請給我水。
B 네, 알겠어요. 是，我知道了。

索取具體數量的某些事物（名詞）時，使用以下的形式

名詞	固有數字	量詞		
커피	한	잔	주세요.	請給我一杯咖啡。
빵	두	개	주세요.	請給我兩個麵包。
맥주	세	병	주세요.	請給我三瓶啤酒。
표	네	장	주세요.	請給我四張票。

하고：「和」（只和名詞搭配使用）

하고用來連接兩個名詞，它和中文裡的「和」一樣，擺在兩個名詞之間。

밥하고 김치 飯和辛奇。

샌드위치하고 커피 三明治和咖啡。

對話 1

店員　歡迎光臨，您想要點什麼？
詹姆士　給我一杯拿鐵和這個麵包。
店員　是，我知道了。
詹姆士　總共多少錢？
店員　6,500 韓圜。
（付款並備妥餐點後）
詹姆士　您的餐點在這，請慢走。

직원　어서 오세요. 뭐 주문하시겠어요?

제임스　카페라테 하나하고 이 빵 하나 주세요.

직원　네, 알겠습니다.

제임스　전부 얼마예요?

직원　6,500원이에요.
(돈을 지불하고 주문한 것이 나오면)

직원　여기 있습니다. 안녕히 가세요.

單字

주문 訂購
카페라테 拿鐵咖啡
하나 一
빵 麵包
（名詞）주세요 請給我（名詞）
전부 全部、一共
얼마 多少
원 韓圜（韓國貨幣單位）

表現

어서 오세요. 歡迎光臨。
뭐 주문하시겠어요?
您想要點什麼？
네, 알겠습니다.
是，我知道了。
전부 얼마예요?
總共多少錢？
여기 있습니다. 在這裡。
안녕히 가세요.
再見（請慢走）。

★ **省略量詞**
通常在餐廳或咖啡廳點東西時，人們會省略量詞，只使用固有數字表達所要食物的數量。例如：在餐廳點餐時，人們會說：비빔밥 하나 주세요.。

★ 네, 알겠습니다.「**是，我知道了。／明白了。**」
服務業從業人員通常都會使用格式體尊待語以表示禮貌。你會在機場、商店、咖啡廳或計程車聽到他們使用「네, 알겠습니다.」來告訴顧客，他們明白他們的要求並且會按照要求執行。「알겠어요.」稍微有點不正式，用於兩個相互熟識的人之間。

對話 2

珍	有10月3號上午去釜山的火車票嗎？
售票員	有KTX和無窮花號的車票。
珍	價格是多少？
售票員	從首爾到釜山，KTX是45,000韓圜，無窮花號是24,800韓圜。
珍	各要花多久時間？
售票員	KTX要2小時30分鐘，無窮花號要5小時45分鐘。
珍	請給我兩張KTX車票。

제인 10월 3일 오전에 부산행 기차표 있어요?

직원 KTX하고 무궁화호가 있어요.

제인 얼마예요?

직원 서울에서 부산까지 KTX는 45,000원이에요. 무궁화호는 24,800원이에요.

제인 시간이 얼마나 걸려요?

직원 KTX는 2시간 30분, 무궁화호는 5시간 45분 걸려요.

제인 KTX 2장 주세요.

單字

오전 上午（正式用語）
부산 釜山（韓國南方大城）
-행 表示到達的城市
기차 火車
표 票
KTX 韓國高鐵
무궁화호 無窮花號（韓國的普快列車）
서울 首爾（韓國首都）
장 張（票的量詞）

表現

부산행 기차표 있어요?
有去釜山的火車票嗎？
KTX 2장 주세요.
請給我兩張KTX車票。

會話便利貼

★ 부산행 기차표「到釜山的火車票」
부산행中的행是「朝～方向行進」的意思，所以부산행就是指朝釜山的方向行進。對於出發的城市，使用縮略詞발，발的意思就是「從…出發」。

뉴욕행 비행기 표　去紐約的飛機票
서울발 기차표　從首爾出發的火車票

發音

- 전부 [전부] vs. 정부 [정부]

發ㄴ的時候請將舌頭輕抵上門牙的根部，它和英語中[n]的發音相似。終聲子音ㅇ從喉嚨中發出，和英語中[ŋ]發音相似。在下面的範例中練習區分這些發音，如果誤將ㄴ發成ㅇ，或ㅇ誤發成ㄴ時，單字的意思就會改變。

⑴ 반 vs. 방

⑵ 한 잔 vs. 한 장

⑶ 불편해요 vs. 불평해요

補充單字

동전 硬幣

10원 (십 원)

50원 (오십 원)

100원 (백 원)

500원 (오백 원)

지폐 紙鈔

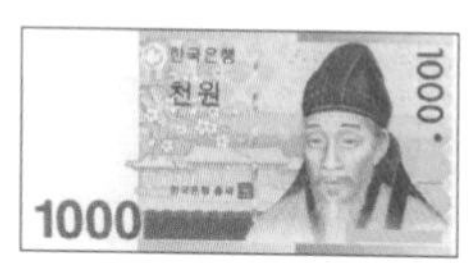

1,000원 (천 원)

5,000원 (오천 원)

10,000원 (만 원)

50,000원 (오만 원)

카드 卡片

신용 카드 信用卡

현금 카드 VISA金融卡

實用短句

餐廳

A 您要在這裡用餐嗎？還是外帶？
B 我要外帶。
用於在咖啡廳或餐廳裡點外帶。

※ 在餐廳或咖啡廳裡用餐時可以說：
여기서 마실 거예요.
「我要在這裡喝。」（適用於飲品）
여기서 먹을 거예요.
「我要在這裡吃。」（適用於其他任何食物）

A 請幫我加熱一下。
B 好，我明白了。
用於向咖啡廳／餐廳服務生提出要求時使用。

A 請給我冰塊。
B 好的，在這裡。

自我小測驗

文法

▶ 看圖並寫下正確的價格。（1～2）

얼마예요?

Ex. ₩57,000 → 오만 칠천 원이에요.

1 ₩9,500 → ___________.

2 ₩103,000 → ___________.

▶ 請完成以下對話。（3～4）

3 A 모자가 ___________ 예요?
B 8,400원이에요.

4 A 핸드폰이 ___________?
B 275,000원이에요.

▶ 看圖並完成以下的對話。（5～6）

5 A 커피가 (1) ___________?
B 6,700원이에요.
A 커피 (2) _______ 잔 주세요.
B 네, 알겠습니다.

6 A 빵이 (1) ___________?
B 3,200원이에요.
A 빵 (2) ___________.
B 네, 알겠습니다.

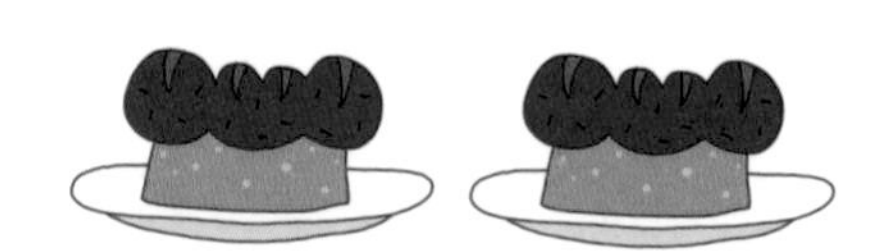

聽力

▶ 聽音檔並選出正確的答案。（7～8）

7  커피가 얼마예요?

ⓐ 5,600원　　ⓑ 5,700원　　ⓒ 6,600원　　ⓓ 6,700원

8  우산이 얼마예요?

ⓐ 37,500원　　ⓑ 38,500원　　ⓒ 47,500원　　ⓓ 48,500원

▶ 聽音檔並選出正確的選項。

9 ⓐ 커피가 없어요.　　ⓑ 녹차가 많이 있어요.

ⓒ 커피가 4,500원이에요.　　ⓓ 주스가 4,400원이에요.

閱讀

▶ 如果以下的句子和車票上的資訊符合，在括號中打〇，如果不符合，打×。（10～13）

10 이 표로 부산에 가요.　（　　）

11 시간이 2시간 10분 걸려요.　（　　）

12 팔 월 십 일에 가요.　（　　）

13 기차표가 오만 사천 원이에요.　（　　）

解答 p.276

Q 和韓國人一起吃飯時，要怎麼決定誰買單？

如果你和韓國人一起出去吃過飯，就會知道韓國人不習慣吃完飯後各自拆帳。韓國人認為，每個人都為自己的份額單獨支付的做法是一種負擔，他們知道，這次自己買單，下次就由別人負責。並不是說已經計畫好下一次，而是如果機會來了，對方一定會還人情。

然而，有時這條不成文的規則並不適用。當兩個地位不平等的人（例如，年長和年輕的學生、資深和資淺的同事、不同年齡的朋友）一起用餐時，長輩通常會為晚輩付錢。因為人們認為長輩應該善待年輕人，所以下次兩人一起用餐時，長輩不會指望得到回報。長輩本應從自己的長輩那裡得到同樣的好待遇，現在來回報晚輩。因此，較年輕或資歷較淺的人暫時可以免費用餐，但他知道自己會在未來的某個時候招待比他年輕或資歷較低的人。

不過即便是這種文化，有好事發生時你還是要請客。譬如生日、找到工作、升遷、結婚生子等，人們會因為希望與周圍的人分享自己的快樂、幸福而請客。然而，現今年輕一代可能會選擇分攤賬單。賬單的支付方式因情況而異，因此請注意韓國人怎麼做。

這就是韓國的「施與受」，你覺得融入這個文化如何？

第11課 어디에서 저녁 식사해요?

你在哪裡用晚餐？

- 하다 動詞
- 地方助詞 에서
- 頻率
- 助詞 하고

● 하다 動詞：「做～」

許多名詞加上하다語尾可轉為現在時制動詞，非格式體尊待語為名詞＋動詞해요。

例如：공부（學習）＋해요＝공부해요（讀書）、운동（運動）＋해요＝운동해요（做運動）、전화（電話）＋해요＝전화해요（打電話）、요리（料理）＋해요＝요리해요（做菜）、운전（駕駛）＋해요＝운전해요（開車）。

● 地方助詞 에서

地方助詞에서可用來指出動作發生的場所。地方助詞에서與있어요／없어요、가요／와요之外的動詞搭配使用

地方助詞에서用來指出動作發生的場所，可與動詞搭配使用。不過請留意，動詞있어요、없어요以及表移動的動詞如가요、와요等只能與助詞에搭配使用。提問時，疑問詞어디에서搭配動作動詞；어디에搭配있어요、없어요、가요、와요。

1	A 어디에서 공부해요?	你在哪裡讀書？
	B 카페에서 공부해요.	我在咖啡廳讀書。
2	A 카페가 어디에 있어요?	咖啡廳在哪裡？
	B 카페가 지하철 역 앞에 있어요.	咖啡廳在地鐵站前面。
3	A 어디에 가요?	你要去哪裡？
	B 약국에 가요.	去藥局。

頻率

韓文描述頻率時和中文相同，先描述較大的時間單位，後描述較小的時間單位，並且在時間長度和頻率詞之間使用에（每）。表達頻率時，數字須使用固有數字。

하루에	2번 두	一天	兩次
일주일에	3번 세	一週	三次
한 달에	2번 두	一個月	兩次
일년에	1번 한	一年	一次

詢問頻率時，使用疑問詞몇 번以表示「幾次」。

A 일 년에 몇 번 여행 가요?　　你每年旅行幾次？

B 일 년에 2 (두) 번 여행 가요.　　我一年旅行兩次。

助詞 하고：「和」

和某人一起做某事時，在人的後面用하고以表示「和」。想要詢問「和誰一起」時，則用疑問詞누구하고。

A 누구하고 식사해요?　　和誰一起吃飯呢？

B 친구하고 같이 식사해요.　　和朋友一起吃飯。

C 저는 혼자 식사해요.　　我一個人吃飯。

對話 1

珍　你今天下午要做什麼？
仁浩 我要工作。
珍　工作之後你要做什麼？
仁浩 我要吃晚餐。
珍　你在哪裡吃晚餐呢？
仁浩 我在公司附近的餐廳吃飯。
珍　跟誰一起吃飯呢？
仁浩 和公司的同事一起吃飯。

제인 오늘 오후에 뭐 해요?

인호 일해요.

제인 그다음에 뭐 해요?

인호 저녁 식사해요.

제인 어디에서 저녁 식사해요?

인호 회사 근처 식당에서 식사해요.

제인 누구하고 식사해요?

인호 회사 동료하고 식사해요.

單字

하다 做
일하다 工作
그다음에 然後、接下來
저녁 식사하다 吃晚飯
에서 地方助詞
어디에서 在哪裡
식당 餐廳
식사하다 吃飯
누구하고 和誰
동료 同事

表現

오늘 오후에 뭐 해요?
你今天下午要做什麼？
그다음에 뭐 해요?
在那之後你要做什麼？
어디에서 저녁 식사해요?
在哪裡吃晚餐呢？
누구하고 식사해요?
和誰一起吃飯呢？

會話便利貼

★ 뭐 해요? 「你在做什麼？」
現在時制可以用來描述不久後將要做的事情。

★ 從最大的單位到最小的單位：描述時間和地點
和中文相同，韓文描述地點的順序是從大單位到小單位（例如：從國家、城市到鄰里）

회사 근처 식당에서 식사해요. 我在公司附近的餐廳裡用餐。

時間也是從大單位到小單位進行描述。

오늘 저녁 7시에 뭐 해요? 今晚七點你要做什麼？

對話 2

智娜 保羅，你經常運動嗎？
保羅 對，我每週運動三次。
智娜 你在哪裡運動呢？
保羅 在我家前面的公園運動。智娜，妳也常運動嗎？
智娜 不，我一年只去爬兩三次山。
保羅 是嗎？

지나 폴 씨, 운동 자주 해요?

폴 네, 일주일에 3번 해요.

지나 어디에서 해요?

폴 집 앞 공원에서 해요.
지나 씨도 운동 자주 해요?

지나 아니요. 저는 1년에 2-3번 등산만 해요.

폴 그래요?

單字

운동하다 運動
자주 經常
일주일 一週
에 時間助詞
번 次、回
앞 前面
공원 公園
1년 一年
두세 번 兩三次
등산하다 爬山
만 只、僅僅
（若在名詞之後加上만，可表示其獨特性或唯一性。）

表現

운동 자주 해요?
你經常運動嗎？
일주일에 3 (세) 번 해요.
我每週運動三次。
1년에 2-3 (두세) 번 등산만 해요.
我一年只去爬兩三次山。

會話便利貼

★ **副詞的位置：**
副詞通常放在它所描述的事物之前，所以，副詞應擺在動詞之前，但和動詞해요搭配時，副詞既可以放在名詞之前，也可放在名詞和해요之間。這兩種位置的意思皆相同。

운동 자주 해요? = 자주 운동해요?

★ **세 번 vs. 삼 번**
當你談論次數時，3번會使用固有數字的念法讀做세 번；當你在講清單上的數字時，會使用漢字數字的念法讀做삼 번。

Ex. 1년에 세 번 여행해요. 一年旅行三次。
삼 번 문제가 어려워요. 第三題好難。

發音

● 동료 [동뇨]

當終聲子音ㅁ、ㅇ後面接初聲子音ㄹ時，ㄹ鼻音化變音為[ㄴ]。

(1) ㄹ → [ㄴ]　정리[정니]

(2) ㄹ → [ㄴ]　음력[음녁]

(3) ㄹ → [ㄴ]　음료수[음뇨수]

補充單字

1 일하다　工作
2 공부하다　學習、讀書
3 식사하다　用餐
4 전화하다　打電話
5 운동하다　運動
6 얘기하다　談話
7 운전하다　開車
8 쇼핑하다　逛街、購物
9 요리하다　做飯

여행하다　旅行
노래하다　唱歌
도착하다　到達
출발하다　出發
시작하다　開始
준비하다　準備
연습하다　練習
회의하다　開會
데이트하다　約會
이사하다　搬家

實用短句

在韓文裡，一天當中無論何時都能使用안녕하세요?這句問候語。不過，道別會視情況不同而有不同問候語。

日常問候語

A　明天見。
B　明天見。
下班或放學時使用。

A　週末愉快。
B　保羅，你也一樣。
週末放假離開前使用。

A　旅途愉快。
和即將出發去旅行的人道別時使用。

※ 和即將啟程去出差的人道別時說：
출장 잘 다녀오세요 . 祝出差順利。

自我小測驗

文法

▶ 看圖並選出正確的答案。（1～2）

뭐 해요?

1

ⓐ 식사해요

ⓑ 공부해요

2

ⓐ 운동해요

ⓑ 운전해요

▶ 選出正確的答案並完成句子。（3～5）

3 회사(에 / 에서)(1) 가요. 회사(에 / 에서)(2) 일해요.

4 식당(에 / 에서)(1) 가요. 식당(에 / 에서)(2) 식사해요.

5 집(에 / 에서)(1) 와요. 집(에 / 에서)(2) 자요.

▶ 看圖並完成以下對話。（6～7）

6 A 누구하고 식사해요?

B ______________ 식사해요.

7 A 누구하고 쇼핑해요?

B ______________ 쇼핑해요.

聽力

▸ 看圖，根據音檔中的內容選出正確答案。（8～9）

8 
ⓐ ⓑ
ⓒ ⓓ

9 
ⓐ ⓑ
ⓒ ⓓ

▸ 聽音檔中的問題並選出正確答案。

10 ⓐ 1시에 식사해요. ⓑ 토요일에 식사해요.
ⓒ 친구하고 식사해요. ⓓ 일주일에 3번 식사해요.

閱讀

▸ 如果以下的句子和這篇短文的資訊符合，在括號中打○；如果不符合，打×。（11～15）

아침 6시에 일어나요.
7시까지 집 옆 공원에서 운동해요.
그다음에 집에 가요. 샤워해요.
그리고 8시 10분에 집 앞 식당에서 아침 식사해요.
9시에 회사에 가요. 10시 30분부터 12시까지 회의해요.
그다음에 회사 옆 식당에서 동료하고 점심 식사해요.

11 집 앞 공원에서 운동해요. ( )

12 아침 식사해요. 그 다음에 운동해요. ( )

13 8시 10분에 식당에 있어요. ( )

14 회의 시간이 1시간 30분이에요. ( )

15 혼자 점심 식사해요. ( )

解答 p.277

韓國文化大不同

Q 你知道如何用雙手表示尊重嗎？

你可能已經注意到，身體語言由於文化的差異而有所不同。在韓國，人們常鞠躬，例如：歡迎某人時，人們稍稍低頭表示尊重。但是，你知道還有用雙手表達尊重的方式嗎？

當你從陌生人、年長的人、地位高的人或與你有正式關係的人（例如同事）那裡接受或拿到東西時，不要伸出一隻手而是要用雙手來表示尊重。如果當時的情況不方便使用雙手，人們會用右手拿東西，左手則抓著右前臂。韓國人也會用左手握住右前臂的方式與人握手。下次仔細留意兩個韓國人見面的場景，他們會稍微低頭並且這樣來握手。

喝酒是常見的文化活動（尤其在男人之間），這種活動也有豐富的身體語言。當你為別人倒酒，或喝別人為你倒的酒時，你應該一直用雙手握著杯子或酒瓶，手臂伸直。古時候，男子所著的韓服袖子很長，因此人們需要伸出手臂來接酒杯。此外，在長輩面前喝酒時，應稍稍將頭轉向一邊，喝酒時就不會直接面對長輩了。這是表示尊重的另一種方式。

透過各種舉動和姿態來表達對他人尊重，這是韓國人的文化。那麼，你也來學習一下這種文化如何？

第12課 매주 일요일에 영화를 봐요.

我每個週日會去看電影。

- 現在時制非格式體尊待形 -아 / 어요
- 受格助詞 을 / 를
- 提出建議
- （名詞）은 / 는 어때요?

한국 음식을 좋아해요?
你喜歡韓國菜嗎？

네, 정말 좋아해요.
是的，我真的喜歡。

現在時制非格式體尊待形 -아 / 어요

附錄 p.263

動詞原形透過在動詞語幹加上語尾 - 아／어요 成為非格式體尊待形。非格式體尊待形廣泛用於日常生活購物、買票和問路。相反地，稍後即將學習的格式體尊待形 -（스）ㅂ니다則用於商務會議、演講、演示等（詳情請參閱第243頁）。

將下列動詞改為現在時制動詞。現在時制動詞的語尾取決於動詞語幹。

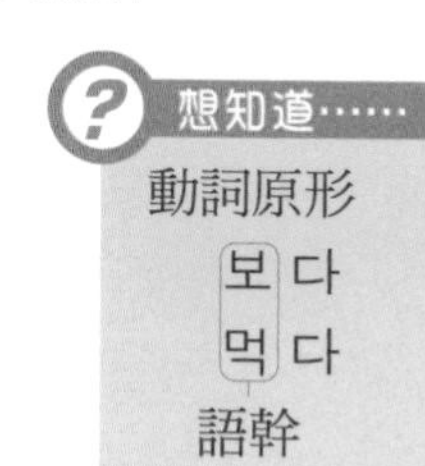

1. 動詞하다變成해요。

공부하다（學習） → 공부해요（學習、念書）

2. 假如動詞語幹包含母音ㅏ或ㅗ，去다在語幹之後接 - 아요形成現在時制。

살다 → 살 + -아요 → 살아요
자다 → 자 + -아요 → 자요
보다 → 보 + -아요 → 봐요

3. 假如動詞語幹包含母音ㅓ、ㅜ、ㅡ、ㅣ，去다在語幹之後接 - 어요形成現在時制。

먹다 → 먹 + -어요 → 먹어요
주다 → 주 + -어요 → 줘요
마시다 → 마시 + -어요 → 마셔요

＊關於特定動詞語幹與其對應的動詞語尾形式組合規則，請參見第 263 頁。

受格助詞：을 / 를

韓文中，受格助詞을 / 를表明句子中的受詞。受詞和受格助詞을 / 를通常出現在動詞的前面，但在口語中，往往會將受格助詞을 / 를省略。

前面無終聲	前面有終聲
폴 씨가 친구를 만나요. 保羅和朋友見面。	지나 씨가 음식을 먹어요. 智娜在吃東西。

提出建議：「讓我們…吧！」

提出建議表示「讓我們…吧」時，可像平常那樣使用現在時制 -아／어요。你也可以在句子前面加上副詞같이（一起）。

A 같이 영화 봐요.　一起去看電影吧。

B 좋아요.　好啊。

（名詞）은 / 는 어때요?：「你覺得（名詞）如何？」

這種句型用於提出建議，在名詞之後加上補助詞은 / 는並詢問어때요?

A 금요일에 시간 있어요?　你星期五有時間嗎？

B 아니요, 없어요.　不，沒有空。

A 그럼, 토요일은 어때요?　那麼，星期六怎麼樣？

B 좋아요.　可以。

對話 1

지나 한국 영화 좋아해요?

폴 네, 정말 좋아해요. 지나 씨는 어때요?

지나 저도 한국 영화를 좋아해요.
보통 언제 영화를 봐요?

폴 매주 일요일에 영화를 봐요.

지나 그래요? 저도 일요일마다 영화를 봐요.

폴 그럼, 나중에 같이 영화 봐요.

지나 그래요.

智娜 你喜歡韓國電影嗎？
保羅 是的，我真的很喜歡。智娜，妳呢？
智娜 我也喜歡韓國電影。你通常什麼時候去看電影？
保羅 我每週日會去看電影。
智娜 是喔？我也是每週日會去看電影。
保羅 那麼，下次一起去看電影吧。
智娜 好啊。

單字

영화 電影
좋아하다 喜歡
(은/는) 어때요? …如何？
저도 我也
을/를 受格助詞
보다 看
매주 每週
일요일 星期日
마다 每
나중에 以後、日後、下次

表現

지나 씨는 어때요?
智娜，妳呢？
저도 …을/를 좋아해요.
我也喜歡…。
보통 언제 영화를 봐요?
你通常什麼時候去看電影？
매주 일요일에 (= 일요일마다) 每週日
나중에 같이 영화를 봐요.
以後一起去看電影吧
그래요. 好的。

會話便利貼

★ 저도 vs. 저는

使用補助詞은／는來強調저（我），或特別提醒自己和他人的差異。另外，可以在저之後使用助詞도強調類似之處。

A 저는 운동을 좋아해요. 폴 씨는 어때요?
我喜歡運動。保羅，你呢？
B 저도 운동을 좋아해요. 我也喜歡運動。
C 저는 운동을 안 좋아해요. 我不喜歡運動。

想想你在中文裡會如何強調「我」，補助詞은／는的功用就是用來強調主語。

對話 2

珍　你喜歡韓國菜嗎？
悟　是的，喜歡。珍，妳呢？
珍　我也喜歡韓國菜，所以最近我在學習韓國料理。
悟　是喔？妳跟誰學呢？
珍　跟我朋友學。
悟　有趣嗎？
珍　是的，下次一起做一次吧。
悟　好啊。

제인　한국 음식 좋아해요?

사토루　네, 좋아해요. 제인 씨는 어때요?

제인　저도 한국 음식을 좋아해요.
그래서 요즘 한국 요리를 배워요.

사토루　그래요? 누구한테서 배워요?

제인　친구한테서 배워요.

사토루　재미있어요?

제인　네, 나중에 한번 같이 만들어요.

사토루　좋아요.

單字

음식 食物
그래서 因此
요즘 最近
요리 烹調、料理
배우다 學習
한테서 從、向
누구한테서 向誰
친구 朋友
재미있다 有趣
한번 一次
만들다 製作

表現

누구한테서 배워요?
你跟誰學呢？
재미있어요? 有趣嗎？
나중에 한번 같이 만들어요.
下次一起做一次吧。

會話便利貼

★ 좋아해요 vs. 좋아요

좋아하다是動作動詞，意思是「喜歡、愛」，좋아요是形容詞，意思是「好、美、佳」。좋아해요與受格助詞을 / 를搭配使用；좋아요則與主格助詞이 / 가搭配使用。注意，這些表達方式看起來雖相似，但意思卻不一樣。

마크 씨가 한국 음식을 좋아해요.　馬克喜歡韓國菜。
날씨가 좋아요.　天氣好。

發音

- 읽어요 [일거요]

當雙終聲後面接母音（如읽어요）時，雙終聲的第二個終聲子音會連音至下一個音節初聲子音的位置，發初聲子音的音。

⑴ 밝아요 [발가요]

⑵ 넓어요 [널버요]

⑶ 앉아요 [안자요]

補充單字

1 일어나다　起床
2 커피를 마시다　喝咖啡
3 책을 읽다　讀書
4 음식을 먹다　吃東西
5 친구를 만나다　跟朋友見面
6 책을 사다　買書
7 영화를 보다　看電影
8 음악을 듣다　聽音樂
9 자다　睡覺

말하다　說話
놀다　玩耍
쉬다　休息
만들다　製作
빌리다　借
살다　生活、住
도와주다　幫忙
끝나다　結束
쓰다　寫

逛街購物

A　歡迎光臨。您在找什麼嗎？
B　請讓我看看Ｔ恤。

A　這件如何？
B　還有其他的嗎？

※ 詢問不同尺寸的衣服時：
좀 큰 건 없어요？
沒有大一點的嗎？
좀 작은 건 없어요？
沒有小一點的嗎？
（如果要讓問題更委婉，就用「없어요？」代替「있어요？」）

A　我可以試穿看看嗎？
B　當然可以，請往這邊走。

A　請給我這一件。

※當指向離你有距離的衣服時：
저걸로 주세요. 請給我那一件。
※議價時：
좀 깎아 주세요. 請算我便宜一點。
※如果在什麼都沒買的狀態下離開店家時：
좀 더 보고 올게요.
我去其他地方逛逛再回來。

自我小測驗

文法

▶ 看圖選出正確的答案。（1～4）

1 

ⓐ 자요

ⓑ 일어나요

2 

ⓐ 마셔요

ⓑ 먹어요

3 

ⓐ 읽어요

ⓑ 들어요

4 

ⓐ 써요

ⓑ 만나요

▶ 使用-아／어요現在時制完成以下段落。（5～6）

5 마크 씨가 한국 회사에서 ___일해요___. (일하다) 보통 저녁 6시에 일이 (1)__________. (끝나다) 그리고 집에서 밥을 (2)__________. (먹다) 영화를 (3)__________. (보다) 보통 밤 11시에 (4)__________. (자다)

6 제인 씨가 영어 선생님이에요. 학원에서 영어를 (1)__________.(가르치다) 영어 학원이 강남에 (2)__________. (있다) 보통 수업 후에 친구를 (3)__________. (만나다) 친구하고 커피를 (4)__________. (마시다)

▶ 選出正確的答案。（6～9）

7 A 폴 씨가 뭐 먹어요?
B 점심(을 / 를) 먹어요.

8 A 마크 씨가 뭐 마셔요?
B 커피(을 / 를) 마셔요.

9 A 제인 씨가 뭐 들어요?
B 음악(을 / 를) 들어요.

10 A 리에 씨가 뭐 배워요?
B 한국어(을 / 를) 배워요.

聽力

▶ 聽音檔，根據保羅的行動順序填入正確的數字。

11

(　　　)　　(　1　)　　(　　　)　　(　　　)

閱讀

▶ 閱讀並根據圖片提供的資訊修正下方文章中的三個錯誤。

12

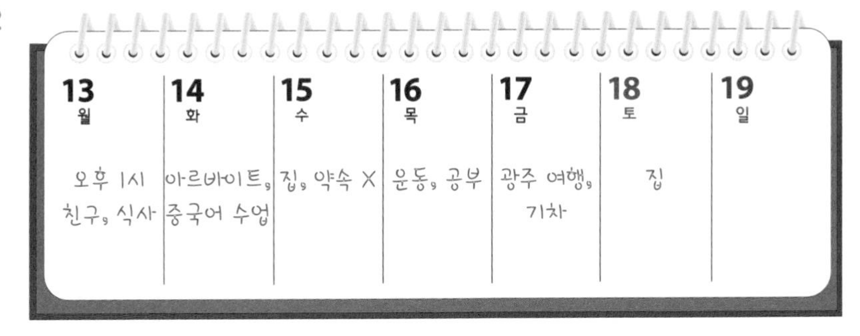

13 월
오후 1시 친구, 식사
14 화
아르바이트, 중국어 수업
15 수
집, 약속 X
16 목
운동, 공부
17 금
광주 여행, 기차
18 토
집
19 일

월요일 2시에 친구하고 영화를 봐요.
ⓐ 2시에 → 1시에　ⓑ 영화를 봐요.

화요일에 아르바이트가 있어요. 영어를 가르쳐요.
ⓒ 아르바이트　ⓓ 영어

수요일에 집에 있어요. 목요일에 운동해요. 그리고 공부해요.
ⓔ 집　ⓕ 운동해요. 그리고 공부해요.

금요일에 경주에 여행 가요. 기차로 가요. 토요일에 집에 와요.
ⓖ 경주　ⓗ 기차　ⓘ 토요일

解答 p.277

韓國文化大不同

Q 「韓流」

始於90年代後期，以「韓流」（Hallyu／Korean Wave）為名的強大韓國文化熱潮，在2002年世界盃前後席捲韓國、中國和東南亞。「韓流」在整個2010年代取得亞洲、美國、歐洲和南美洲人的推崇。如今，「韓流」已不僅僅拘限於電影、電視劇、歌曲等流行文化，電視、手機、汽車等韓國電子產品、化妝品與時裝，還有從天然素食主義到濃郁風味的韓國食品，都獲得極高人氣。

其中，韓國電影、電視劇、歌曲等流行文化是「韓流」的中心，各類作品和藝術家因其獨特性得到喜愛，在全球組成多元粉絲群。2020年代，以防彈少年團為代表的 K–pop 團體形塑出世界粉絲風潮，獲得熱烈支持；在韓國當地獲得讚賞的本土電影也在國際影展上榮獲好評及認可；除此之外，韓劇深受大眾喜愛，更是在 Netflix 排行榜上名列前茅。

推薦想學習靈活韓語表達的人，體驗可以窺探韓國文化的電視劇和電影。不僅可以瞥見日常生活中使用的韓語，還可一探當代韓國人的思維及生活方式。

第13課

머리가 아파요.

頭痛。

- 現在時制狀態動詞-아／어요的描述性用法
- 안否定句
- 助詞 도

現在時制狀態動詞-아／어요的描述性用法

附錄 p.263

韓語中的狀態動詞就是中文常說的形容詞。韓語用形容詞修飾名詞，而形容詞具有描述句子中主語狀態的功能。換句話說，形容詞除了有修飾名詞的功能外，還可以有描述性的功用。韓語中的形容詞也是一種動詞，在語尾變化時也是跟動詞語尾結合使用，以表達句子主語的狀態。請注意，當韓語的形容詞在描述狀態時，一律與主格助詞이／가一起使用。

좋다（好的）
날씨가 좋아요. 天氣好。

비싸다（貴的）
옷이 비싸요. 衣服貴。

注意

狀態動詞필요하다（需要）似乎應該要有受詞，但是請記得，韓語的狀態動詞指的是中文的形容詞。而形容詞一律與主格助詞이／가搭配使用，而非을／를。
저는 연습이 필요해요. 我需要練習。

안否定句

안擺在動詞或形容詞之前表示否定。如果是하다結尾的動作動詞，안要擺在名詞與하다之間。

狀態動詞和動作動詞（不含하다結尾的動作動詞）：

안 자요. 不睡。
안 비싸요. 不貴。
안 중요해요. 不重要

請記得，如果是하다結尾的動作動詞，안要擺在하다之前。

일 안 해요. 不工作。

注意

운동하다 (v) 運動
→ 운동 안 해요. 不運動。
피곤하다 (adj) 累、疲倦
→ 안 피곤해요. 不累。
例外！
좋아하다 (v) 喜歡
→ 생선 안 좋아해요. 我不喜歡魚。

어디 아파요?
哪裡不舒服嗎？
목이 아파요.
我喉嚨痛。
그리고 열도 나요.
而且還發燒。

助詞 도：「也」

附錄 p.264

如果用그리고連接兩個結構相同的句子，你可以在第二個句子使用助詞도來強調它們的共同性。

1. 使用助詞도時，不要使用主格助詞이 / 가或受格助詞을 / 를，這裡도代替了這些助詞。

   비가 와요. 그리고 바람도 불어요.
   下雨了，而且還颳風。

   아침을 먹어요. 그리고 커피도 마셔요.
   吃了早飯，而且也喝了咖啡。

2. 도要在其他助詞之後，例如要在助詞에或에서之後。

   식당에 가요. 그리고 카페에도 가요.
   我去餐廳，而且也去咖啡廳。

   학교에서 공부해요. 그리고 집에서도 공부해요.
   我在學校念書，而且在家也念書。

注意

하고「和」用來連接兩個名詞。
而그리고「而且」用於連接兩個句子。
마크하고 폴 馬克和保羅。
음식이 싸요. 그리고 사람도 친절해요.
食物便宜，而且人也親切。

對話 1

幼珍 保羅，你哪裡不舒服嗎？
保羅 不，我沒有生病，只是有點累。
幼珍 怎麼了？
保羅 最近工作太多了，所以有點累。
幼珍 要注意健康。
保羅 好的，謝謝。

유진 폴 씨, 어디 아파요?

폴 아니요, 안 아파요. 그냥 좀 피곤해요.

유진 왜요?

폴 요즘 일이 너무 많아요.
그래서 좀 피곤해요.

유진 건강 조심하세요.

폴 네, 고마워요.

單字

아프다 痛、生病、不舒服
안 動詞否定
그냥 只是
좀 有點
피곤하다 累、疲倦
많다 多
건강 健康
조심하다 小心、注意

表現

어디 아파요?
你哪裡不舒服嗎？
그냥 좀 피곤해요.
只是有點累。
왜요? 怎麼了？
일이 너무 많아요.
工作太多。
건강 조심하세요.
請注意健康。

會話便利貼

★ 어디 아파요？ 你生病了嗎？／你哪裡不舒服嗎？
「어디 아파요？」的意思是「你生病了嗎？」，並不一定代表「哪裡痛？」，通常可以透過上下文了解意思。

★ 좀 피곤해요.「我有點累。」
此處的좀是조금的縮略形，儘管這和第155頁提到的「請」看起來一樣，但意思不同。

對話 2

理惠 詹姆士，你感冒了嗎？
詹姆士 是的。
理惠 嚴重嗎？
詹姆士 是的，我頭有點痛，而且還咳嗽。
理惠 這樣啊？最近天氣冷，所以請小心。
詹姆士 好的，我會的。

리에 제임스 씨, 감기에 걸렸어요?

제임스 네.

리에 많이 아파요?

제임스 네, 머리가 좀 아파요.
그리고 기침도 나요.

리에 그래요? 요즘 날씨가 추워요.
그러니까 조심하세요.

제임스 네, 그럴게요.

單字

감기 感冒
감기에 걸리다 感冒、受涼
많이 許多
머리 頭
그리고 而且（用於連接句子）
기침 咳嗽
기침이 나다 咳嗽
날씨 天氣
춥다 冷
그러니까 因此

表現

감기에 걸렸어요?
你感冒了嗎？
많이 아파요?
很不舒服嗎？／嚴重嗎？
머리가 좀 아파요.
頭有點痛。
기침도 나요. 咳嗽。
요즘 날씨가 추워요.
最近天氣冷。
그럴게요. 我會的。

會話便利貼

★ 그래서 vs. 그러니까

當 그래서 和 그러니까 放在兩個句子（原因－結果）之間時，可以代表「所以」，因此그래서 和 그러니까 通常可以互換使用。

한국에서 일해요. 그래서 한국어를 배워요. 我在韓國工作，所以學習韓語。
= 그러니까 (o)

然而，不要在命令句或建議句中使用그래서，而是要用그러니까。

날씨가 추워요. 그러니까 조심하세요. 天氣冷，所以請小心。
= 그래서 (x)

發音

- 많아요 → [마나요] / 만나요 → [만나요]

以下的單字意思不同，但發音相似。

(1) 좋아요（好）/ 추워요（冷）

(2) 쉬워요（簡單）/ 쉬어요（休息）

(3) 조용해요（安靜）/ 중요해요（重要）

補充單字

關心他人

A　妳今天心情如何？
B　不錯。
用於詢問別人的心情。

※ 當你感覺不太好時，可以回答：
　별로예요.「不太好。」

A　妳哪裡不舒服？
B　我的頭有點痛。
當某人看起來和平時不一樣時，可以這麼問。

※ 某人沒有生病，不過表情奇怪或看起來不舒服時，可以問：
　무슨 일 있어요?「有什麼事情嗎？」

A　好久不見。
B　好久不見。
用於遇到很久沒見的人時。

A　最近過得怎麼樣？
B　還不錯。
用於詢問某人近來怎麼樣。

其他表達方式：
A　그동안 어떻게 지냈어요?
　　這段日子以來過得如何？
B　잘 지냈어요. 一切都好。

自我小測驗

文法

▸ 看圖並選出正確的答案。（1～4）

1 

기분이 ⓐ 좋아요.

ⓑ 나빠요.

2 

책이 ⓐ 싸요.

ⓑ 비싸요.

3 

영화가 ⓐ 재미있어요.

ⓑ 재미없어요.

4 

날씨가 ⓐ 추워요.

ⓑ 더워요.

▸ 閱讀以下的對話，在空白處填上正確的答案。（5～7）

Ex. A 추워요?

B 아니요, 안 추워요。

5 A 바빠요?

B 아니요, ＿＿＿＿＿＿.

6 A 피곤해요?

B 아니요, ＿＿＿＿＿＿.

7 A 운동해요?

B 아니요, ＿＿＿＿＿＿.

▸ 選出正確的詞彙填入並完成句子。（8～10）

그리고	그런데	그래서

8 머리가 아파요. ＿＿＿＿＿＿ 약을 먹어요.

9 한국어 공부가 재미있어요. ＿＿＿＿＿＿ 어려워요.

10 영어 말하기가 쉬워요. ＿＿＿＿＿＿ 듣기도 쉬워요.

聽力

▶ 聽音檔，圈出珍做了以下哪些事情。

11

 일해요	운동해요	핸드폰을 봐요	친구를 만나요
전화해요	공부해요	책을 읽어요	음악을 들어요

▶ 從音檔中的選項選出正確答案，完成以下句子。

12 민수 씨가 일이 많아요. 그래서 ______________.

ⓐ ⓑ ⓒ ⓓ

閱讀

▶ 把下列的句子和每個說話者的情形搭配起來。（13～15）

13 열이 나요. 기침도 나요.
그리고 추워요.
그래서 오늘은 일 안 해요. •

• ⓐ 아파요

14 요즘 너무 바빠요.
회의가 많이 있어요.
오늘도 집에 10시에 가요. •

• ⓑ 

15 저는 여행을 좋아해요.
오늘 제주도에 여행 가요.
지금 비행기로 가요. •

• ⓒ 

解答 p.277

韓國文化大不同

Q 為什麼韓國人常說「괜찮아요」？

在韓國，一天中你可能會聽到許多次「괜찮아요」。無論詢問天氣或是他人的心情，常使用的回答可能也是「괜찮아요」。韓國文化把強烈的否定和沒有禮貌聯繫在一起，出於禮貌，恰當的回答是像「괜찮아요」（過得不錯）、「별로예요」（不怎麼樣）這樣的話，而不是清楚坦白地說出想法和感覺。

因此，「괜찮아요」這樣的表達方式出現在許多場景中，有著各式各樣的涵義。它可以用來接受感謝和道歉，或者當有人要求你多吃點時，用「괜찮아요」表達像「不，謝謝」這樣委婉的拒絕。韓國人想要知道生病的朋友是否感覺好一點時，也會用「괜찮아요？」來詢問。有人犯錯時，仍然是用「괜찮아요」來安慰他們。而且「괜찮아요？」還可以用來關心心情不好的朋友。

對於剛剛學習韓文的人，會對「괜찮아요」的不同用法感到困惑。想要理解這個短句，需要注意說話人的表情、語氣和身體語言，從中理解對方要表達的意思。如果你覺得沮喪的時候，試著點頭然後大聲說出「괜찮아요」看看吧！

第14課

지난주에 제주도에 여행 갔어요.

我上週去濟州島旅行。

- 過去時制非格式體尊待形動詞、形容詞-았 / 었어요
- 表一段時間的 동안
- 最高級 제일
- 使用보다 더進行比較

關鍵句型和文法

얼마 동안 한국에서
살았어요?
你在韓國生活了多久？

2년 동안 살았어요.
我在韓國生活了兩年。
2018
8
2020
8

● 過去時制非格式體尊待形動詞、形容詞-았 / 었어요

過去時制的動詞和形容詞，語尾要使用 - 았／었어요。如果語幹結尾是 - 하，要變成했어요。當語幹最後一個音節有母音「ㅏ」或「ㅗ」時，使用「 - 았어요」；其他情況則使用 - 었어요。

現在時制			過去時制
운동하다	운동하 + -였어요	→	운동했어요
좋다	좋 + -았어요	→	좋았어요
먹다	먹 + -었어요	→	먹었어요

어제 공원에서 운동했어요. 我昨天在公園裡運動。

지난주에 조금 바빴어요. 我上週有點忙。

● 表一段時間的동안

在一定的時間長度後加上助詞동안，可表達持續的期間。詢問時間長度時，應使用疑問詞얼마再加上동안。

1 A 얼마 동안 부산에서 일했어요? 你在釜山工作了多久？
B 6 (여섯) 달 동안 일했어요. 工作了六個月。

2 A 얼마 동안 서울에서 살았어요? 你在首爾生活了多久？
B 4 (사) 년 동안 살았어요. 生活了四年。

想知道……

以月為單位表達持續期間的方式有兩種：：
兩個月：2 (두) 달（달與固有數字連用）
2 (이) 개월（개월與漢字數字連用）

最高級 제일：「最」

當想要表達「最…」時，無論是問句或答句，都是在形容詞、副詞、動詞前面加上제일。

A 무슨 영화가 제일 재미있어요?
什麼電影最有趣？

B 코미디 영화가 제일 재미있어요.
喜劇片最有趣。

注意
제일後面不可接名詞。
最好的朋友：
제일 친구 (×)
제일 좋은 친구 (◯)

使用보다 더進行比較：「比…更…」

比較兩個事物時，在進行比較的事物後使用助詞보다，在形容詞、副詞和動詞之前使用副詞더，以表示「更…」。

여름이 겨울보다 더 좋아요. 夏天（比冬天）更好。

要對方在眾多事物中做出選擇時，使用중에서。

A 빨간색하고 파란색 중에서 뭐가 더 좋아요?
紅色和藍色，你更喜歡哪一個

B 빨간색이 파란색보다 더 좋아요.
（比起藍色）我更喜歡紅色。

想知道……

더「更」
이게 더 비싸요. 這個更貴。

다「全部」（副詞）
다 왔어요. 我們已經到了。

또「也、再次」，用在兩個句子之間。
또 만나요. 下次見

도「也」，用在名詞的後面
내일도 시간이 없어요. 我明天也沒有時間。

對話 1

智娜 這次的旅行怎麼樣？
保羅 真的很有趣。
智娜 你去旅行幾天？
保羅 我去了三天。
智娜 去了哪裡？
保羅 去了濟州島。
智娜 你在濟州島做了什麼？
保羅 爬山，還有四處遊覽。

지나 이번 여행이 어땠어요?

폴 정말 재미있었어요.

지나 얼마 동안 여행했어요?

폴 3일 동안 여행했어요.

지나 어디에 갔어요?

폴 제주도에 갔어요.

지나 제주도에서 뭐 했어요?

폴 등산했어요. 그리고 여기저기 구경했어요.

單字

이번 這次
여행 旅行
얼마 동안 多久
여행하다 旅行
동안 期間（時間長度）
제주도 濟州島
여기저기 到處、四處
구경하다 參觀、遊覽

表現

이번 여행이 어땠어요?
這次的旅行怎麼樣？
얼마 동안 여행했어요?
你旅行了多久？
어디에 갔어요?
你去了哪裡？
뭐 했어요? 你做了什麼？

會話便利貼

★ 여행하다 = 여행 가다
這兩種表達方式都正確，只是使用了不同的助詞。
제주도를 여행했어요. = 제주도에 여행 갔어요.

★ 旅行時間長度的表達方式
在上面的對話中，無論是出差或度假，3일 동안 여행했어요是用來談論旅行時間長短的常見表達方式。三天兩夜的旅行叫做2박 3일 (이박 삼일) ，當天來回的旅行叫做당일 여행（一日行）。

對話 2

詹姆士　妳昨天做了什麼？
理惠　我參觀了首爾。
詹姆士　妳最喜歡什麼地方？
理惠　我最喜歡南山。
詹姆士　南山怎麼樣？
理惠　風景美麗。
詹姆士　妳還做了什麼？
理惠　在仁寺洞吃晚餐，而且還喝了傳統茶。

제임스　어제 뭐 했어요?

리에　서울을 구경했어요.

제임스　어디가 제일 좋았어요?

리에　남산이 제일 좋았어요.

제임스　어땠어요?

리에　경치가 아름다웠어요.

제임스　또 뭐 했어요?

리에　인사동에서 저녁 식사를 했어요.
그리고 전통차도 마셨어요.

單字

어제 昨天
제일 最，第一
좋다 好、喜歡
남산 南山（首爾著名的山）
경치 風景
아름답다 美麗
또 又、再
인사동 仁寺洞（首爾的某個區域）
전통차 傳統茶
마시다 喝

表現

어제 뭐 했어요?
昨天做了什麼？
어디가 제일 좋았어요?
你最喜歡什麼地方？
어땠어요? 怎麼樣？
경치가 아름다웠어요.
風景美麗。
또 뭐 했어요?
還做了什麼？

會話便利貼

★ 서울을 구경했어요. **參觀了首爾。**
使用구경하다（參觀、欣賞）時，參觀或旅遊的地點後面須加上受格助詞을／를。

시내를 구경했어요. (o)　參觀了市區。
시내에서 구경했어요. (x)

★ 저녁 식사(를)하다 = 저녁(을)먹다
動詞하다和저녁 식사搭配使用，먹다和저녁搭配使用。

저녁 식사를 하다 (o)　저녁을 먹다 (o)
저녁 식사를 먹다 (x)　저녁을 하다 (x)

發音

119. mp3

● 같이 [가치]

當終聲子音ㄷ、ㅌ後面接母音ㅣ時，ㄷ、ㅌ的發音會口蓋音化，因此連音至下一個音節初聲子音的位置時會發[ㅈ、ㅊ]的音。

(1) ㄷ → [ㅈ]　해돋이[해도지],굳이[구지]

(2) ㅌ → [ㅊ]　밭이[바치],끝이[끄치]

補充單字

120. mp3

1	옷을 입다	穿衣服
2	신발을 신다	穿鞋子
3	사진을 찍다	照相、拍照
4	한국어를 배우다	學韓語
5	영어를 가르치다	教英語
6	선물을 주다	送禮
7	웃다	笑
8	울다	哭
9	친구를 기다리다	等朋友

생각하다	思考
선택하다	選擇
사용하다	使用
물어보다	詢問
대답하다	回答
걱정하다	擔心
잃어버리다	遺失掉
잊어버리다	忘掉
찾다	尋找
받다	接受
떠나다	離開

實用短句

在路上

A　我能幫您什麼嗎？
B　請給我一份地圖。
用於從諮詢處索取東西時。

A　需要幫忙嗎？
B　是的，請幫幫我。
用於迷路的時候。

A　打擾了，請問售票處在哪裡？
B　請往這個方向走。
用於向路人問路時。

※ 路人要親自帶路時會說：
이쪽으로 오세요.「請往走這邊。」

自我小測驗

文法

▶ 請使用過去時制完成以下句子。（1～3）

1 어제 집에서 책을 (1) ______________ (읽다). 책이 (2) ______________ (재미있다).

2 지난주에 마크 씨 집에서 파티를 (1) __________ (하다). 파티에 사람들이 (2) __________ (많다).

3 작년에 폴 씨가 한국에 (1) __________ (오다). 그리고 한국어를 (2) __________ (배우다).

▶ 看圖並完成對話。（4～6）

4 A 얼마 동안 잤어요?

B ______________ 동안 잤어요.

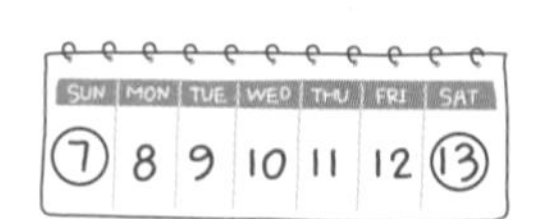

5 A 얼마 동안 여행했어요?

B ______________ 동안 여행했어요.

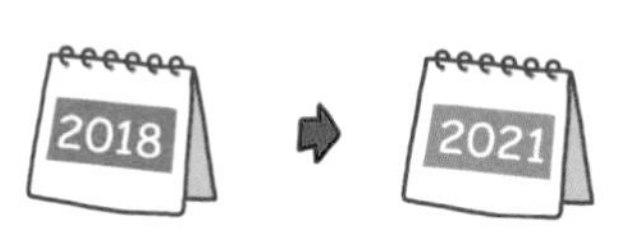

6 A 얼마 동안 한국어를 배웠어요?

B ______________ 배웠어요.

2018 → 2021

▶ 看圖並完成對話。（7～8）

7 A 산하고 바다 중에서 어디가 더 좋아요?

B __________ 이/가 __________ 보다 더 좋아요.

8 A 테니스하고 축구하고 농구 중에서 뭐가 제일 좋아요?

B __________ 이/가 제일 좋아요.

聽力

▸ 聽音檔並選出正確答案。（9～10）

9 A 어제 제인 씨를 만났어요?

B ______________________.

ⓐ ⓑ ⓒ ⓓ

10 A 냉면하고 비빔밥 중에서 뭐가 더 좋아요?

B ______________________.

ⓐ ⓑ ⓒ ⓓ

閱讀

▸ 閱讀以下信件的內容並回答問題。（11～12）

New message

받는 사람 anne1225@qmail.com

제목 안녕하세요.

앤 씨에게

잘 지냈어요?

저는 오늘 친구를 만났어요. 친구하고 같이 저녁 식사했어요.

그리고 영화관에 갔어요. 그런데 영화표가 없었어요.

그래서 남산에 갔어요. 남산에 사람들이 많이 있었어요.

우리는 거기에서 사진을 찍었어요. 그리고 친구하고 같이 차를 마셨어요.

우리는 40분 동안 얘기했어요. 그리고 11시 10분 전에 집에 왔어요.

오늘 정말 재미있었어요.

제인

보내기

11 제인 씨가 오늘 뭐 했어요?

ⓐ 영화표를 샀어요.

ⓑ 혼자 차를 마셨어요.

ⓒ 친구하고 점심 식사했어요.

ⓓ 남산에서 사진을 찍었어요.

12 제인 씨가 몇 시에 집에 왔어요?

ⓐ 10시 40분 ⓑ 10시 50분 ⓒ 11시 ⓓ 11시 10분

韓國文化大不同

Q 韓國值得一遊的好地方是？

韓國四季分明，每個季節都有獨特的自然美景，是一個擁有許多自然景觀的國家。三、四月春天降臨，春花遍地，從國境南方開始綻放。麗水以山茶花聞名；鎮海以櫻花聞名；光陽以梅花聞名。韓國70%的國土都是山，山巒隨處可見，夏天從青山頂上眺望的神秘景色足以讓人心醉神迷。此外，韓國三面環海，人們夏季聚集在東海海灘、南海閑麗水道和西海灘塗避暑。十月左右立秋，全國四處都是五顏六色的紅葉，尤其是內藏山，這是欣賞秋色最美的地方。人們冬天則是湧入江原道的滑雪勝地。想感受不同風情的人可以拜訪濟州島，這裡以四季自然景色著稱。

韓國也是一個擁有眾多文化景點的國家。如果想感受歷史氣息，就去千年前的古代首都慶州吧！透過新羅時代首都慶州的古寺和歷史遺跡，你將能夠感受到當時的文化；如果想了解儒家文化，可以去安東的陶山書院（以前的儒家大學）和河回村看看。如果你對陶瓷器或工藝品感興趣，可以去利川的陶藝村逛逛。如果你想感受韓國的自然和文化，不要猶豫，去旅行吧。

更多資訊，請訪問韓國觀光公社網站：http://visitkorea.or.kr。

第15課

내일 한국 음식을 만들 거예요.

我明天要做韓國菜。

- 未來時制非格式體尊待形動詞-（으）ㄹ 거예요
- 못否定句

내일 뭐 할 거예요?
你明天要做什麼？

친구를 만날 거예요.
我要和朋友見面。

未來時制非格式體尊待形動詞-（으）ㄹ 거예요

請使用下列文法句型寫出未來時制的句子。

前面無終聲	前面有終聲
내일 여행 갈 거예요. 我明天要去旅行。	내일 책을 읽을 거예요. 我明天要看書。

이번 주에 너무 바빴어요. 그래서 이번 주말에 집에서 쉴 거예요.
這週我太忙了，所以這個週末我要在家休息。

對於形容詞，這種句型意味著一種猜測或輕微的不確定性，就像「可能會／可能要」的語感。要讓意思更明確，使用單字아마「可能」。

前面無終聲	前面有終聲
마크 씨가 아마 바쁠 거예요. 馬克可能會忙碌。	지나 씨가 아마 기분이 좋을 거예요. 智娜或許會心情不錯。

除了一般的規則變化之外，還有一些不規則動詞的特殊變化。

在「ㄷ」不規則動詞中，只要動詞時制以母音開頭（例如 -을 거예요），「ㄷ」就變成「ㄹ」。

내일 음악을 들을 거예요.　我明天要聽音樂。

在「ㅂ」不規則動詞中，只要動詞時制以母音開頭（例如 -을 거예요），「ㅂ」就變成「우」。

이번 시험이 어려울 거예요. 這次的測驗可能會有點難。

* 請參照P.267不規則動詞。

다음 주 주말에 같이 여행 가요.
下個週末一起去旅行吧！

미안해요. 못 가요.
對不起，我不能去。

못 否定句

表達主語因為某種原因不能做某事時，使用못「不能」。못搭配動詞使用。句子中못的位置和안的位置相同。

하다動詞	其他動作動詞
일 못 해요.	못 자요.
운동 못 해요.	못 먹어요.

오늘 시간 없어요. 그래서 운동 못 해요.
今天沒有時間，所以不能去運動。

어제 커피를 많이 마셨어요. 그래서 못 잤어요.
昨天喝了很多咖啡，所以無法入睡。

안和못的位置

	하다動詞	其他動作動詞
안不	일 안 해요.	안 가요.
못不能	일 못 해요.	못 가요.

	하다形容詞	其他形容詞
안不	안 피곤해요.	안 비싸요.
못不能	못不能和形容詞搭配使用。	

對話 1

幼珍 明天你要做什麼？
詹姆士 沒什麼特別的事要做，怎麼了？
幼珍 太好了。明天我們要在家做韓國菜。一起做吧。
詹姆士 你們明天什麼時候做？
幼珍 大約下午兩點做。
詹姆士 我明白了，明天見。

유진 내일 뭐 할 거예요?

제임스 별일 없어요. 왜요?

유진 잘됐어요.
내일 우리 집에서 한국 음식을 만들 거예요. 같이 만들어요.

제임스 내일 언제 만들 거예요?

유진 오후 2시쯤 만들 거예요.

제임스 알겠어요. 내일 봐요.

單字

내일 明天
별일 特別的事
우리 我們
우리 집 我家

表現

내일 뭐 할 거예요?
你明天要做什麼？
별일 없어요.
沒什麼特別的事。
잘됐어요. 太好了。
알겠어요. 我明白了。
내일 봐요. 明天見。

會話便利貼

★ 잘됐어요.「太棒了／太好了／結果不錯！」

잘됐어요用於滿足期望或聽到好消息。另一方面，當事情不符期待或聽到壞消息時，你可以說 안됐어요。如果你想表達一種驚喜的感覺，可以使用語尾 -네요，例如잘됐네요或안됐네요。

1 A 제인 씨가 회사에 취직했어요. 珍找到工作了。
B 잘됐어요. (= 잘됐네요.) 太好了（=잘됐네요.帶有驚喜的語感）。

2 A 폴 씨가 시험에 떨어졌어요. 保羅考試沒過。
B 안됐어요. (= 안됐네요.) 太糟了（=안됐네요.帶有驚訝的語感）。

對話 2

智娜 馬克，下星期五，我要去安的家裡，我們一起去吧。
馬克 不好意思，我不能去。
智娜 為什麼？有什麼事嗎？
馬克 下個星期四，我要去日本出差。
智娜 是喔？你要在那裡待多久？
馬克 我要在那裡待五天。
智娜 好的，我知道了，那麼祝你出差順利。

지나 마크 씨, 다음 주 금요일에 앤 씨 집에 갈 거예요. 같이 가요.

마크 미안해요. 못 가요.

지나 왜요? 무슨 일이 있어요?

마크 다음 주 목요일에 일본에 출장 갈 거예요.

지나 그래요? 얼마 동안 거기에 있을 거예요?

마크 5일 동안 있을 거예요.

지나 네, 알겠어요. 그럼, 출장 잘 다녀오세요.

單字

다음 주 下週
못 不能
무슨 什麼
일 事情
목요일 星期四
일본 日本
출장 出差
출장 가다 去出差
거기 那裡
있다 存在、待著
잘 好
다녀오다 往返、去一趟回來

表現

미안해요. 對不起
무슨 일이 있어요?
有什麼事嗎？
얼마 동안 거기에 있을 거예요?
你會在那裡待多長時間？
출장 잘 다녀오세요.
祝你出差順利。

會話便利貼

★ 미안해요「抱歉、對不起」

韓語中的對不起有兩種，一個是미안해요，一個是죄송해요。미안해요用於平輩或晚輩；죄송해요用於位階比自己高或比自己年長的人。미안해요這個說法比較接近「羞於見人」的感覺；죄송해요比較接近「惶恐不安」。因此道歉時，同樣是說對不起，미안해요的強度會小於죄송해요。不過這邊請留意，韓文的미안해요僅用於表達歉意，若要表示遺憾應使用「유감이에요」。

發音

- 못해요 [모태요], 못 먹어요 [몬 머거요]

1. 못的終聲子音「ㅅ」發音為[ㄷ]；然而當終聲子音「ㅅ」後面接初聲子音「ㅎ」時，終聲[ㄷ]會與「ㅎ」相結合，激音化發[ㅌ]的音。

   못 했어요 [모 태써요]

2. 못的終聲子音「ㅅ」發音為[ㄷ]；然而當終聲子音「ㅅ」後面接初聲子音「ㄴ」或「ㅁ」時，終聲[ㄷ]會鼻音化，發[ㄴ]的音。

   못 나가요 [몬 나가요], 못 마셔요 [몬 마셔요]

補充單字

크다 ↔ 작다
大 ↔ 小

춥다 ↔ 덥다
冷 ↔ 熱

키가 크다 ↔ 키가 작다
高 ↔ 矮

길다 ↔ 짧다
長 ↔ 短

가깝다 ↔ 멀다
近 ↔ 遠

재미있다 ↔ 재미없다
有趣 ↔ 無聊

같다 ↔ 다르다
相同 ↔ 不同

비싸다 ↔ 싸다
昂貴 ↔ 便宜

좋다 ↔ 나쁘다
好 ↔ 差

많다 ↔ 적다
多 ↔ 少

배고프다 ↔ 배부르다
餓 ↔ 飽

어렵다 ↔ 쉽다
困難 ↔ 簡單

조용하다 ↔ 시끄럽다
安靜 ↔ 吵鬧

가볍다 ↔ 무겁다
輕 ↔ 重

깨끗하다 ↔ 더럽다
乾淨 ↔ 骯髒

뚱뚱하다 ↔ 마르다
胖 ↔ 瘦

어둡다 ↔ 밝다
黑暗 ↔ 明亮

對消息做出反應的表達方式

A　珍通過考試了。
B　太棒了。
聽到某人好消息時的反應。

A　真洙沒有通過考試。
B　真遺憾！
聽到某人壞消息時的反應。

A　真是萬幸！
聽到讓你擔心的事，但結果還不壞時的反應。

A　糟糕！
聽到讓你擔心的事情時的反應。

自我小測驗

文法

▶ 選出正確答案以完成句子。（1~4）

1 작년에 수영을 배웠어요. 내년에 태권도를 (ⓐ 배웠어요. / ⓑ 배울 거예요.)

2 조금 전에 물을 (ⓐ 마셨어요. / ⓑ 마실 거예요.) 그래서 지금 물을 안 마실 거예요.

3 어제 서울 여기저기를 (ⓐ 걸었어요. / ⓑ 걸을 거예요.) 오늘 집에서 쉴 거예요.

4 내일 고향에 돌아갈 거예요. 앞으로 1년 동안 고향에서 (ⓐ 살았어요. / ⓑ 살 거예요.)

▶ 參考例句，看圖回答問題。（5~7）

5 오늘 친구를 만나요. 내일도 친구를 ____________.

6 이번 주말에 한국어 책을 읽어요. 다음 주말에도 한국어 책을 ____________.

7 이번 달에 영화를 봐요. 다음 달에도 영화를 ____________.

▶ 參考例句，看圖回答問題。（8~9）

Ex. A 내일 같이 여행 가요.

B 미안해요. 같이 여행 못 가요. 요즘 너무 바빠요.

8 A 같이 영화 봐요.

B 미안해요. ____________. 다른 약속이 있어요.

9 A 같이 술 마셔요.

B 미안해요. ____________. 감기에 걸렸어요.

聽力

▶ 聽音檔中的問題並選出正確答案。（10～11）

10
ⓐ 친구 집에 갈 거예요.
ⓑ 친구 생일이 아니에요.
ⓒ 친구를 안 만날 거예요.
ⓓ 내일이 5월 20일이에요.

11
ⓐ 여행 시간이 많아요.
ⓑ 기차표를 살 거예요.
ⓒ 다른 약속이 있어요.
ⓓ 여행사에서 일 안 해요.

閱讀

▶ 閱讀並選出正確答案。（12～13）

12

> 마크 씨는 회사원이에요. 회사가 서울에 있어요.
> 그런데 내일은 회사에 안 가요. 왜냐하면 부산에서 회의가 있어요.
> 그래서 내일 마크 씨가 부산에 ____________.

ⓐ 안 갈 거예요　　ⓑ 출장 갈 거예요
ⓒ 여행 갈 거예요　　ⓓ 이사 갈 거예요

13

> 한국에서 여섯 달 동안 일했어요. 너무 바빴어요. 한국어를 ____________.
> 그래서 한국어를 잘 못해요. 다음 달부터 한국어를 공부할 거예요.

ⓐ 공부했어요　　ⓑ 공부할 거예요
ⓒ 공부 못 했어요　　ⓓ 공부 못 할 거예요

解答 p.278

韓國文化大不同

Q 韓國人在不同的場合送什麼樣的禮物？

文化和性格也主導著送禮的習慣，韓國人送什麼樣的禮物呢？韓國人到朋友家裡拜訪時，他們經常帶些水果。此外，拜訪工作上有往來的同事或客戶時，韓國人往往會帶些果汁。

對於慶祝喬遷的派對，韓國人通常會送肥皂或捲筒衛生紙。肥皂有特殊的涵義，人們期望好運會像肥皂泡沫一樣在家裡面不斷增長。新婚夫婦剛剛搬到自己的公寓時，通常會收到至少夠他們用一年的肥皂和捲筒衛生紙。

如果你參加朋友小孩的一歲生日宴會，金戒指是最典型的禮物了。多數韓國人成年後仍然保留著一週歲生日時得到的一兩枚金戒指。近年，有些人願意用錢來代替金戒指，不過一週歲生日仍然和金戒指聯繫在一起。幾乎在任何一家珠寶店裡，你都能找到特殊的「一週歲生日」金戒指。

面臨大考的學生通常會收到엿（麥芽糖）或찹쌀떡（糯米糕）。在韓國，動詞「通過」（붙다）和動詞「黏住」（붙다）是同一個字，所以學生們常會收到黏黏的禮物，以祝賀對方通過大考。

像結婚或葬禮這樣的大事，和台灣的習俗一樣，韓國人會準備好裝著錢的信封。這項傳統起源於過去共同的歷史：當時人們輪流相互交換勞動，當一個家庭遇到大事或危難時，別人會捐錢或提供勞力，他們知道如果以後他們需要幫助，別人也會回饋給他們。如果你正好參加了婚禮或葬禮，就會看到有人在迎賓處專門負責接受客人裝著錢的信封（但在韓國，婚禮跟喪禮的禮金袋都是白色，小心不要用錯了）。記得帶禮物！

第16課 같이 영화 보러 갈 수 있어요?

可以一起去看電影嗎？

- -(으) ㄹ 수 있다 / 없다
- -(으) 러 가다 / 오다
- -(으) ㄹ게요

● -(으) ㄹ 수 있다 / 없다：「可以、會／不可以、不會」

-(으) ㄹ 수 있다 用於表示某人是否可以做某事。否定（不能做）是 -(으) ㄹ 수 없다。

	前面無終聲	前面有終聲
肯定	할 수 있어요. 會做。	읽을 수 있어요. 會讀。
否定	할 수 없어요. 做不到、不會做。	읽을 수 없어요. 不會。

1 A 운전할 수 있어요? 你會開車嗎？
  B 네, 운전할 수 있어요. 是的，我會開車。

2 A 이 음식을 혼자 다 먹을 수 있어요? 你可以一個人吃掉所有這些食物嗎?
  B 아니요, 먹을 수 없어요. 不，我無法吃掉所有食物。

變成不同時制的句子時，只要把있다 / 없다的語尾稍作變化就可以了。

過去 읽을 수 있었어요. 以前看得懂（過去能夠閱讀）。

未來 읽을 수 있을 거예요. 我會看得懂（將來能夠閱讀）。

想知道……

못是有否定涵意的文法，常用來代替 -(으) ㄹ 수 없다。못只與動詞連用，못的使用位置與안的使用位置相同。

A 수영할 수 있어요? 你會游泳嗎？

B 아니요, 수영할 수 없어요. 不，我不會遊泳。
(= 수영 못 해요.)

같이 축구 보**러 가요.**
제가 표 **살게요.**
一起去看足球賽吧，我來買票。

네, 그래요.
好的，
就這麼辦。

● -(으) 러 가다 / 오다：「為了去／來（動詞）」

為了做某事而要去或來某個地方時，用 -（으）러 가다 / 오다句型來表達。

前面無終聲	前面有終聲
친구를 만나러 가요. 我要去見朋友。	점심을 먹으러 가요. 我要去吃午飯。

A 왜 친구 집에 가요? 為什麼要去朋友家？

B 공부하러 가요. 我要去讀書。

句子改變時制時，只改變가다 / 오다的語尾就可以了。

過去 일하러 왔어요. 我來（為了）工作。

未來 옷을 사러 갈 거예요. 我會去（為了）買衣服。

● -(으) ㄹ게요：表達強烈的意圖，「我要」

想要向聽者強調做某事的決心或意圖時，使用 -（으）ㄹ게요的句型。這個句型只能和單一主語「我」搭配使用，且不能用來組成疑問句。

前面無終聲	前面有終聲
먼저 갈게요. 我要先走了。	먹을게요. 我要吃了。

A 뭐 먹을 거예요? 你要吃什麼？

B 갈비 먹을게요. 我要吃排骨。

對話 1

珍　你會游泳嗎？
真洙　不會。
珍　那麼，你會打網球嗎？
真洙　我會，不過我打得不好。
珍　沒關係，我會教你。明天我們一起去打網球吧。
真洙　好啊。

제인 수영할 수 있어요?

진수 아니요.

제인 그럼, 테니스 칠 수 있어요?

진수 칠 수 있어요. 그런데 잘 못해요.

제인 괜찮아요. 제가 가르쳐 줄게요.
내일 같이 테니스 치러 가요.

진수 좋아요.

單字

수영하다 游泳
테니스 網球
테니스(를) 치다 打網球
못하다 不會、不能
제가 I 我
괜찮다 沒關係
가르쳐 주다 教

表現

잘 못해요 我不擅長（謙虛的表達方式）。
괜찮아요. 沒關係。
제가 가르쳐 줄게요.
我會教你。
내일 같이 테니스 치러 가요.
明天一起去打網球吧。

會話便利貼

★ **單數主語제가和저는的比較：**
韓文中有兩種方式可以表達單數主語「我」：제가（與主格助詞이 / 가搭配使用）和저는（與可點出主題的補助詞은 / 는搭配使用）。儘管主格助詞的使用最頻繁，但當你想要強調「我」是一個新主題（例如介紹自己的時候），或強調有所不同時，應該使用補助詞은 / 는。不過在 -（으）ㄹ게요的句型中，通常使用제가。
어제 제가 (= 저는) 친구를 만났어요. 昨天我遇到朋友。
제가 (≠ 저는) 할게요. 我會去做。

對話 2

詹姆士	這個星期六有空嗎？
智娜	怎麼了？
詹姆士	我有兩張電影票。可以一起去看電影嗎？
智娜	對不起，我另外有約了。
詹姆士	我明白了，下次一起去吧。
智娜	真的不好意思。

제임스	이번 주 토요일에 시간 있어요?
지나	왜요?
제임스	영화표가 두 장 있어요. 같이 영화 보러 갈 수 있어요?
지나	미안해요. 다른 약속이 있어요.
제임스	알겠어요. 다음에 같이 가요.
지나	정말 미안해요.

單字

토요일 星期六
영화표 電影票
다른 不同的、另一個
약속 約會

表現

이번 주 토요일에 시간 있어요?
這個星期六有空嗎？
같이 영화 보러 갈 수 있어요?
可以一起去看電影嗎？
다른 약속이 있어요.
我另外有約了。
다음에 같이 가요.
下次一起去吧。
정말 미안해요.
真的很抱歉。

會話便利貼

★ 다음에「下次」
當你覺得某人很難約，並希望有機會能夠另外約時間見面，可以使用다음에「下次」這樣的表達方式。就像中文的「改天一起吃飯、下次一起吃飯」，這裡的다음에並未指特定日期或時間。

★ 알겠어요「我明白。」vs. 알아요「我知道。」
알겠어요 的意思是「我明白」，而 알아요 的意思是「我知道」。在上面的對話中，由於B知道了A有約會，所以B使用 알겠어요。

發音

- 좋아요 [조아요]

終聲子音ㅎ後面跟隨母音時，ㅎ脫落不發音。

(1) 많이 [마니]

(2) 괜찮아요 [괜차나요]

補充單字

動詞치다的意思是「打、敲、彈奏」，和테니스（網球）、탁구（桌球）、피아노（鋼琴）搭配使用。

테니스를 치다

탁구를 치다

피아노를 치다

動詞타다「騎、搭乘」和스케이트（冰刀溜冰鞋）、스키（滑雪板）、자전거（腳踏車）搭配使用。

스케이트를 타다

스키를 타다

자전거를 타다

動詞하다和團隊運動축구（足球）、농구（籃球）、태권도（跆拳道）搭配使用。

축구를 하다

농구를 하다

태권도를 하다

實用短句

接受邀請

A 妳什麼時候有空？
B 任何時候都可以。

其他表達方式：
어디든지 .「任何地方。」
뭐든지 .「任何事情。」
누구든지 .「任何人。」

拒絕邀請

A 我們一起吃午飯吧！
B 不好意思。（我無法）

(1) 我沒有時間。
(2) 我還有許多工作要做。
(3) 我有其它約會。
(4) 我身體不舒服。
以上是可當作委婉拒絕的理由。

自我小測驗

文法

▶ 看圖選出正確答案。（1～3）

○ 
테니스 치다

○ 
축구하다

× 
스키 타다

1 폴 씨가 테니스 칠 수 (ⓐ 있어요. / ⓑ 없어요.)

2 폴 씨가 축구할 수 (ⓐ 있어요. / ⓑ 없어요.)

3 폴 씨가 스키 탈 수 (ⓐ 있어요. / ⓑ 없어요.)

▶ 選出正確答案並完成對話。（4～7）

4 A 왜 식당에 가요?
B ⓐ 운동하러 식당에 가요.
ⓑ 점심을 먹으러 식당에 가요.

5 A 왜 회사에 가요?
B ⓐ 쉬러 회사에 가요.
ⓑ 일하러 회사에 가요.

6 A 왜 영화관에 가요?
B ⓐ 요리하러 영화관에 가요.
ⓑ 영화를 보러 영화관에 가요.

7 A 왜 학교에 가요?
B ⓐ 옷을 사러 가요.
ⓑ 한국어를 배우러 가요.

▶ 選出正確的答案以完成下列對話。（8～9）

8 A 비빔밥이 조금 매워요.
B 그래요? 그럼, 다른 음식을 (ⓐ 먹을게요. / ⓑ 먹을 수 없어요.)

9 A 다음 주에 같이 영화 봐요.
B 미안해요, (ⓐ 같이 영화 볼게요. / ⓑ 같이 영화 볼 수 없어요.)

聽力

▶ 聽音檔，選出正確的答案完成以下句子。（10～11）

10 일본어로 얘기할 수 있어요. 그래서 ______________.

ⓐ　　ⓑ　　ⓒ　　ⓓ

11 자동차를 운전할 수 없어요. 그래서 ______________.

ⓐ　　ⓑ　　ⓒ　　ⓓ

閱讀

▶ 閱讀並選出正確答案。

안녕하세요? 저는 제인이에요. 캐나다 대학교에서 1년 동안 한국어를 공부했어요. 그래서 한국어를 조금 할 수 있어요. 한국 문화를 공부하러 한국에 왔어요.

저는 한국 음식을 정말 좋아해요. 김치하고 비빔밥, 매운 음식도 다 먹을 수 있어요. 하지만 한국 음식을 만들 수 없어요. 그래서 다음 주에 한국 요리를 배우러 요리 학원에 갈 거예요.

12 뭐가 맞아요?

ⓐ 제인 씨가 여행하러 한국에 왔어요.

ⓑ 제인 씨가 한국 요리를 배울 거예요.

ⓒ 제인 씨가 한국 음식을 먹을 수 없어요.

ⓓ 제인 씨가 캐나다 대학교에서 한국어를 가르쳤어요.

解答 p.278

Q 你聽說過「謙虛是一種美德」這句諺語嗎？

如果問一位韓國人會不會說英語，即使對方說得很好，他也會禮貌地回答說不會。如果他真的不會說英文呢？當然，如果對方真的不會，他也會回答同樣的話。不過在韓國，大多數的情況下，只有一種方式可以表達謙虛，那就是「잘 못해요」（我說得不好）。

韓國人認為謙虛非常重要，尤其是在與需要展現尊重的人來往時。在西方國家，誠實非常重要；然而在韓國，謙虛比誠實更重要。韓國社會認為一個體貼且睿智的有才之人，是一個會在他人面前表達謙虛，而非施展才華的人。這就是為什麼人們會說「잘못해요」（我做得不好、我不擅長）；事實上，他們和其他人一樣知道自己可以做得很好，但受到社會文化影響，人們自始至終必須表達謙遜的態度。

然而，在求職面試或類似的情況下，這麼回答會讓不擅長自誇的韓國人聽起來好像他們能力不佳。視情況而論，同樣的句子聽起來可能是謙虛或無能。所以現在你知道了一下次韓國人稱讚你的韓語流利時，請謙虛地回覆「잘못해요！」

第 17 課 미안하지만, 다시 한번 말해 주세요.

不好意思，請再說一遍。

- –아 / 어 주세요
- 確認資訊的–（이）요?

–아 / 어 주세요：「請（動詞）」

你可以使用 - 아／어 주세요來表示有禮的請求。 - 아／어 주세요跟하다動詞語幹結合時，變成해 주세요。如果動詞語幹以母音「ㅏ」或「ㅗ」結尾，使用 - 아 주세요。否則，請使用 - 어 주세요。要求名詞時，只需在名詞後加주세요。

現在

말하다	말하	+ –여 주세요	→	말해 주세요
찾다	찾	+ –아 주세요	→	찾아 주세요
기다리다	기다리	+ –어 주세요	→	기다려 주세요

注意
도와주세요.
請幫助我。

길을 가르쳐 주세요. 請告訴我怎麼走。
여기로 와 주세요. 請過來這邊。
이름을 써 주세요. 請寫下你的名字。
전화해 주세요. 請打電話給我。

提出請求時，使用「좀」以表達禮貌。如果句子沒有主語，請把좀擺在句首，或在受詞後面加上좀來取代受格助詞을／를。

좀 자세히 말해 주세요. 請說得仔細一點。
사진 좀 찍어 주세요. 請幫我拍照。
영수증 좀 주세요. 請給我收據。
물 좀 주세요. 請給我水。

내일 명동에서 만나요.
明天在明洞見面吧。
네? 명동요?
你說什麼？
明洞嗎？

確認資訊－(이) 요?

如果你沒聽清楚，或想確認聽到的是否正確，可以在要確認或重複的名詞之後使用－요？文法上，無論名詞有沒有終聲，名詞之後都接－요？然而，現實中常會聽到韓國人在有終聲的名詞之後接「－이요？」至於「네？」這個回應方式，類似中文的「什麼？」常被用在表示沒有聽清楚某事的狀況。

1 A 영화가 11시에 시작해요. 電影十一點開始。
B 네? 몇 시요? 11시요? 你說什麼？幾點？十一點嗎？

2 A 여권이 필요해요. 需要護照。
B 여권요? 護照嗎？

和親密的朋友或身份比自己低的人（例如晚輩）在一起時，你可以只問11시？或여권？，而不使用語尾－요？。不過，在其他情況下，都需要使用語尾－요？

※沒有聽清楚，並且想要問明白時，使用以下的疑問詞。

誰？	什麼時候？	哪裡？	為什麼？	怎麼樣？	什麼？
누구요?	언제요?	어디요?	왜요?	어떻게요?	뭐요?

對話 1

135. mp3

내일 5시에
강남역
7번 출구…

다시 한번
말해 주세요.

智娜 我們明天五點在江南站七號出口碰面吧。
保羅 妳說什麼？我聽不清楚。不好意思，請再說一遍。
智娜 明天五點在江南站七號出口碰面。
保羅 幾號出口？
智娜 七號出口。
保羅 好，我明白了。

지나 내일 5시에 강남역 7번 출구에서 만나요.

폴 네? 잘 못 들었어요.
미안하지만, 다시 한번 말해 주세요.

지나 내일 5시에 강남역 7번 출구에서 만나요.

폴 몇 번 출구요?

지나 7번 출구요.

폴 네, 알겠어요.

單字

강남 江南
7번 七號
출구 出口
만나다 碰面
듣다 聽、聽到
다시 再次
다시 한번 再一次
말하다 說

表現

네? 你說什麼？
잘 못 들었어요.
我聽不清楚。
미안하지만, 不好意思，
다시 한번 말해 주세요.
請再說一遍。
몇 번 출구요?
幾號出口？

會話便利貼

★ 使用못時注意：

韓語中，動詞「보다」、「듣다」搭配否定形못的意思，與搭配否定形안的意思有細節上的差異。못有「非自己意願」的涵義在內；안則帶有自身的意願。因此韓語的聽不到、看不見應該講못 들었어요、못 봤어요。如果講안 들어요、안 봐요會變成我不聽、我不看的意思。

A 마크 씨 봤어요? 你看到馬克了嗎？
B 아니요, 못 봤어요. 不，我沒有看到他。

對話 2

136. mp3

30분쯤
기다려 주세요.

알겠어요.

馬克 喂？
安 馬克，我是安。
馬克 安，妳現在在哪裡？
安 我現在在公車上。對不起，現在路上很塞。
馬克 這樣啊？妳大約何時能到？
安 請等我大約三十分鐘。
馬克 我明白了，我會等妳的。

마크 여보세요.

앤 마크 씨, 저 앤이에요.

마크 앤 씨, 지금 어디에 있어요?

앤 지금 버스에 있어요.
미안해요. 길이 너무 많이 막혀요.

마크 그래요? 언제쯤 도착할 수 있어요?

앤 30분쯤 기다려 주세요.

마크 알겠어요. 기다릴게요.

單字

길 路
너무 많이 太多
막히다 被堵住
도착하다 到達
기다리다 等待

表現

여보세요. 喂？
지금 어디에 있어요?
你現在在哪裡？
길이 너무 많이 막혀요.
塞車塞得很嚴重。
언제쯤 도착할 수 있어요?
你大約何時能到？
30분쯤 기다려 주세요.
請等我大約三十分鐘。
기다릴게요. 我會等你的。

會話便利貼

★ 여보세요.「喂？」（電話中使用）
這個問候語只用於電話交談的一開始。

★ 저 앤이에요. 我是安。
在電話裡介紹自己時，可去掉補助詞는。

A 여보세요. 喂？
B 폴 씨, 저(는) 유진이에요. 保羅，我是幼珍。

發音

- 의자 [의자], 편의점 [펴니점], 친구의 책 [친구에 책]

의的發音隨著它所在位置的改變而改變。

1. 의在單字的第一個音節時，它的發音是[의]。
   의사 [의사]

2. 의出現在第二個音節時，它的發音是[이]。
   수의사 [수이사]

3. 의用做所有格時，它的發音是[에]。
   선생님의 가방 [선생니메 가방]

補充單字

138. mp3

1	문	門	5	휴지통	垃圾桶	9	남자 화장실	男廁
2	창문	窗戶	6	복도	走廊	10	여자 화장실	女廁
3	정수기	飲水機	7	엘리베이터	電梯	11	비상구	緊急出口
4	자판기	自動販賣機	8	계단	樓梯	12	소화기	滅火器

實用短句

外國人常使用的表達方式

A 請慢慢說。

A 請大聲說。

A 請再說一次。

A 請用英語說。

自我小測驗

文法

▶ 完成右邊的句子，然後把每個句子和適當的回答連接起來。（1～3）

Ex. 전화번호를 몰라요. •　　　• ⓐ 잠깐 ________. (기다리다)

1 잘 못 들었어요. •　　　• ⓑ 돈을 ________. (빌리다)

2 오늘 돈이 없어요. •　　　• ⓒ 전화번호를 가르쳐 주세요. (가르치다)

3 5분 후에 갈 거예요. •　　　• ⓓ 다시 한번 ________. (얘기하다)

▶ 看圖並完成對話。（4～5）

4 A 요즘 태권도를 배워요.
B 네? ____________?

태권도?

5 A 다음 주에 시험이 있어요.
B 네? ____________?

시험?

▶ 請用못完成以下對話。（6～9）

6 A 여행 얘기 들었어요?
B 아니요, ____________.

7 A 마크 씨 봤어요?
B 아니요, ____________.

8 A 뉴스 들었어요?
B 아니요, ____________.

9 A 새 영화 봤어요?
B 아니요, ____________.

聽力

▶ 聽音檔選出正確答案，完成以下的句子。（10～12）

10 너무 빨리 말해요. ______________________.

ⓐ ⓑ ⓒ ⓓ

11 테니스를 잘쳐요? 저는 잘 못 쳐요. ______________________.

ⓐ ⓑ ⓒ ⓓ

12 전화번호를 알아요. 하지만 지금 전화할 수 없어요. ______________________.

ⓐ ⓑ ⓒ ⓓ

閱讀

▶ 閱讀下列對話內容，將理惠回答的理由依正確順序排列。

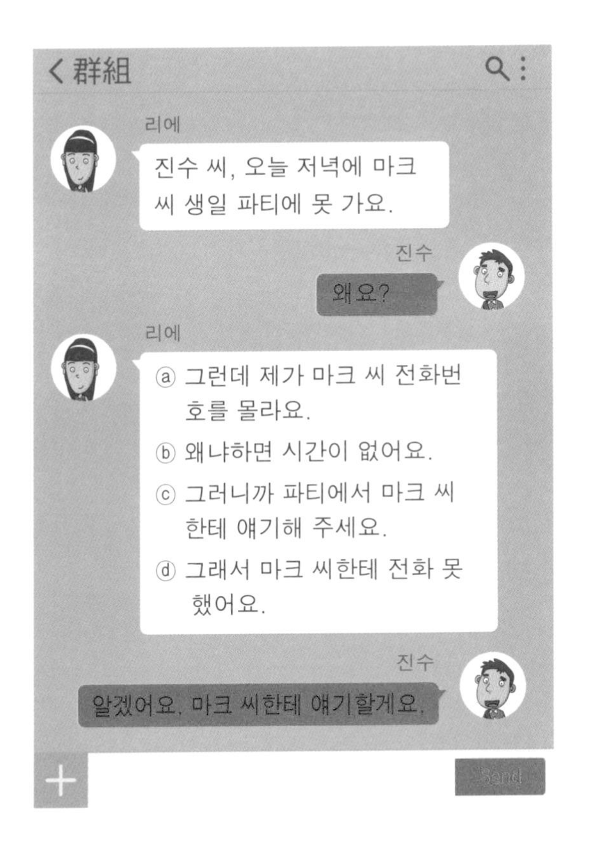

13 (ⓑ)
↓
(　　)
↓
(　　)
↓
(　　)

解答 p.278

韓國文化大不同

Q 應該怎樣和陌生人說話？

應該怎樣和陌生人說話呢？由於韓國人很少使用人稱代名詞「你」，所以你以為要先大致判斷對方的年齡，然後稱呼所有較年長的人為할머니（奶奶）或할아버지（爺爺），稱呼中年人아줌마（大嬸）或아저씨（大叔），稱呼年輕人학생（同學）嗎？答案是不可以。

如果你需要在公共場合和一個陌生人說話，例如在街上或地鐵上，最好委婉地稱呼他，避免因為稱呼不當而產生誤會。最初用저或저기요稱呼，一旦引起了對方的注意，你就可以開始說話了。

不過，在餐廳，你可以揮動你的手臂並且說여기요來引起服務人員的注意。這個方法在叫計程車時也適用。這些情況下，最好要大聲說話，才能引起服務人員和計程車司機的注意。

其他情形下也可以對陌生人使用저기요。這種方式可以讓你避免所有稱謂方面的問題。

第 18 課 저도 한국어를 배우고 싶어요.

我也想學韓文。

- -고 싶다
- 用 -지 않아요?表達疑問「不…嗎？」
- 表達試圖做某事的 -아 / 어 보다

關鍵句型和文法

제주도에 가**고**
싶어요.
我想去濟州島

그런데 거기 날씨가 덥**지**
않아요?
不過，那裡的天氣不熱嗎？

–고 싶다：「想要～」

–고 싶다表達想要做某事的希望，在動詞語幹後面加上고 싶다。

A 어디에서 저녁 먹고 싶어요?　　你想在哪裡吃晚飯？

B 한국 식당에서 먹고 싶어요.　　我想在韓國餐廳吃飯。

只改變싶다就可以改變時制。

過去　어제 친구를 만나고 싶었어요. 그런데 못 만났어요.
昨天想和朋友見面，不過，沒有遇到他。

未來　다시 보고 싶을 거예요.　我會想再見到她的。

用–지 않아요?表達疑問「不…嗎？」

韓語構成否定句有兩種基本方式，一是在動詞前使用안（我們在第13課中學過），二是在動詞語幹後使用 - 지 않다。雖然意思上沒有區別，但人們在口語中傾向使用簡短否定안；寫作中則傾向使用文法句型 - 지 않다。

除此之外， - 지 않다還有另一個用途，就是用問句的形式再次確認訊息，以表達委婉、禮貌的語氣。

前面無終聲	前面有終聲
바쁘지 않아요? 不忙嗎？	춥지 않아요? 不冷嗎？

혹시 경주에
가 봤어요?
妳去過慶州嗎？

네, 폴 씨도 한번
가 보세요.
去過。保羅，有機會的話你也去那走走吧。

● 表達試圖做某事的 -아 / 어 보다「試著～（動詞）」

此文法句型用於描述對某些動作或行為的嘗試。- 아／어 보다只與動詞結合。如果是하다動詞，結合 - 아／어 보다要變成해 보다；當動詞語幹以母音「ㅏ」或「ㅗ」（陽性母音）結尾時，要使用 - 아 보다。其他情況（陰性母音）則使用 - 어 보다。以下三個句型皆來自 - 아／어 보다。

1. -아/어 봤다 曾經（做過某事）

먹다 먹 + -어 봤다 → 먹어 봤다 曾經吃過。

A 경주에 가 봤어요?	你有去過慶洲嗎？
B 네, 한번 가 봤어요.	有，我有去過。
아니요, 아직 못 가 봤어요.	沒有，我沒去過。

2. -아/어 보세요 嘗試（嘗試去做）

먹다 먹 + -어 보세요 → 먹어 보세요 請吃吃看。

A 경주에 아직 못 가 봤어요.	我還沒有去過慶洲。
B 경주가 정말 좋아요. 꼭 가 보세요.	慶洲真的很好，請一定要去走走。

3. -아/어 볼게요 將會嘗試

먹다 먹 + -어 볼게요 → 먹어 볼게요 我將會吃吃看。

A 한국 치킨이 맛있어요. 한번 먹어 보세요.	韓國炸雞很好吃，請找個時間吃吃看。
B 네, 먹어 볼게요.	好的，我會吃吃看的。

文法句型 - 어 보다不能與보다（看）結合使用。如要表示「看」的過去、現在、未來，請直接用動詞보다（看）進行時制變化，如봤어요（看到了）、보세요（請看）、볼게요（我會看）。譬如：한국 영화 봐 봤어요.（X）→한국 영화 봤어요.（O）

對話 1

詹姆士 最近過得如何？
珍 過得不錯，我最近在學習韓語。
詹姆士 真的嗎？我也想學韓語。不過，韓語不難嗎？
珍 不難，很有趣。詹姆士你也試著學學看吧。
詹姆士 好，我會試試看。

제임스 요즘 어떻게 지내요?

제인 잘 지내요. 요즘 한국어를 배워요.

제임스 그래요? 저도 한국어를 배우고 싶어요.
그런데 한국어가 어렵지 않아요?

제인 안 어려워요. 재미있어요.
제임스 씨도 한번 시작해 보세요.

제임스 네, 한번 해 볼게요.

單字

지내다 過日子
어렵다 困難的
시작하다 開始

表現

요즘 어떻게 지내요? 最近過得怎麼樣？
잘 지내요. 過得不錯。
어렵지 않아요? 不難嗎？
한번 시작해 보세요. 請試試看。
한번 해 볼게요. 我會試試看

會話便利貼

★ 요즘 어떻게 지내요? 最近過得如何？

這個短句通常在對話開始時使用，對話者往往是有一段時間沒有見面的人，典型的答覆是잘 지내요「過得不錯」。

★ 用한번進行勸說

勸說某人嘗試某事時，한번常用在動詞的前面。但這裡的한번是表示「試一試」，並不是計算次數時的「一次」。

對話 2

혹시 제주도에 가 봤어요?
아니요, 못 가 봤어요.

유진 지금 뭐 해요?

마크 산이나 바다에 여행 가고 싶어요.
그래서 여행지를 찾아요.

유진 마크 씨, 혹시 제주도에 가 봤어요?

마크 아니요, 아직 못 가 봤어요.

유진 그럼, 제주도에 가 보세요. 경치가 정말 좋아요.

마크 네, 제주도에 가 볼게요.
그런데 제주도는 무슨 음식이 유명해요?

유진 해산물 요리가 유명해요.

마크 그래요? 정말 고마워요.

幼珍 你在幹嘛？
馬克 我想去山上或海邊旅行，所以在找旅遊地點。
幼珍 馬克，你去過濟州島嗎？
馬克 沒有，我還沒去過。
幼珍 那麼，請去濟州島看看吧。風景真的很美。
馬克 好，我會去濟州島看看。不過，濟州島什麼食物比較有名？
幼珍 海鮮料理很有名。
馬克 是喔？真謝謝妳。

會話便利貼

★ 助詞（이）나
助詞（이）나會寫在名詞之間，表示在兩個選項之間選擇一個名詞。如果助詞前的名詞沒有終聲，用 나；如果名詞有終聲，則使用이나。

커피나 차를 마셔요. 我喝咖啡或茶。
밥이나 빵을 먹어요. 我吃飯或麵包。

★ 그런데「順便一提、不過」
突然改變話題時使用。

單字

산 山
(이)나 或（兩個名詞）
바다 大海
여행가다 去旅行
여행지 旅行地點
찾다 尋找
아직 還、尚未
그런데 不過
유명하다 有名
해산물 海產、海鮮

表現

지금 뭐 해요?
你在幹嘛？
혹시 제주도에 가 봤어요?
你有去過濟州島嗎？
아직 못 가 봤어요.
我還沒去過。
경치가 정말 좋아요.
風景真的很美。
무슨 음식이 유명해요?
什麼料理比較有名？

發音

● 고기 [고기] vs. 거기 [거기]

母音ㅗ跟ㅓ常常被讀錯。發ㅗ音時唇形是圓圓的；發ㅓ音時下顎要往下，嘴形上下打開。請練習下列發音。

(1) 도（也）vs. 더（更）

(2) 소리（聲音）vs. 서리（寒霜）

(3) 놓아요（放下）vs. 넣어요（放入）

補充單字

1 바쁘다 忙碌
2 심심하다 無聊
3 시원하다 涼爽、暢快
4 건강하다 健康
5 멋있다 帥、有型
6 예쁘다 漂亮
7 맛있다 好吃
8 맵다 辣
9 짜다 鹹

힘들다 吃力、困難
괜찮다 不錯
복잡하다 複雜
간단하다 簡單
아름답다 美麗
편리하다 方便
불편하다 不方便
달다 甜
친절하다 親切

實用短句

回應別人的讚美

A 你韓文說得真好。
B 不，我說得不好。

A 你唱歌唱得不錯。
B 我只會一點。

鼓勵別人

A 加油！
B 謝謝。

A 不要擔心，一切都會好的。
B 謝謝。

自我小測驗

文法

▶ 請使用 -고 싶다完成以下句子。（1~3）

1 너무 피곤해요. 좀 ________________.
쉬다

2 점심을 못 먹었어요. 배고파요. 밥을 ________________.
먹다

3 한국 친구가 있어요. 그 친구하고 한국어로 ________________.
얘기하다

▶ 看圖，然後參考範例完成以下的對話。（4~5）

Ex. A 한국에서 운전해 봤어요? (운전하다)
B 아니요.
A 재미있어요. 한번 해 보세요.
B 네, 해 볼게요.

4 A 여름에 삼계탕을 (1) ________________? (먹다)
B 아니요.
A 맛있어요. 한번 (2) ________________.
B 네, 먹어 볼게요.

5 A 한복을 (1) ________________? (입다)
B 아니요.
A 멋있어요. 한번 (2) ________________.
B 네, 입어 볼게요.

聽力

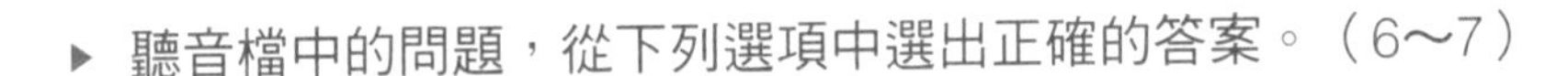

▸ 聽音檔中的問題，從下列選項中選出正確的答案。（6～7）

6
ⓐ 네, 김치가 있어요.
ⓑ 아니요, 안 매워요.
ⓒ 네, 김치가 없어요.
ⓓ 아니요, 김치를 만들 수 없어요.

7
ⓐ 네, 시작해 볼게요.
ⓑ 네, 공부하고 싶어요.
ⓒ 아니요, 아직 안 배웠어요.
ⓓ 아니요, 한번 배워 보세요.

閱讀

▸ 閱讀下文後回答問題。（8～9）

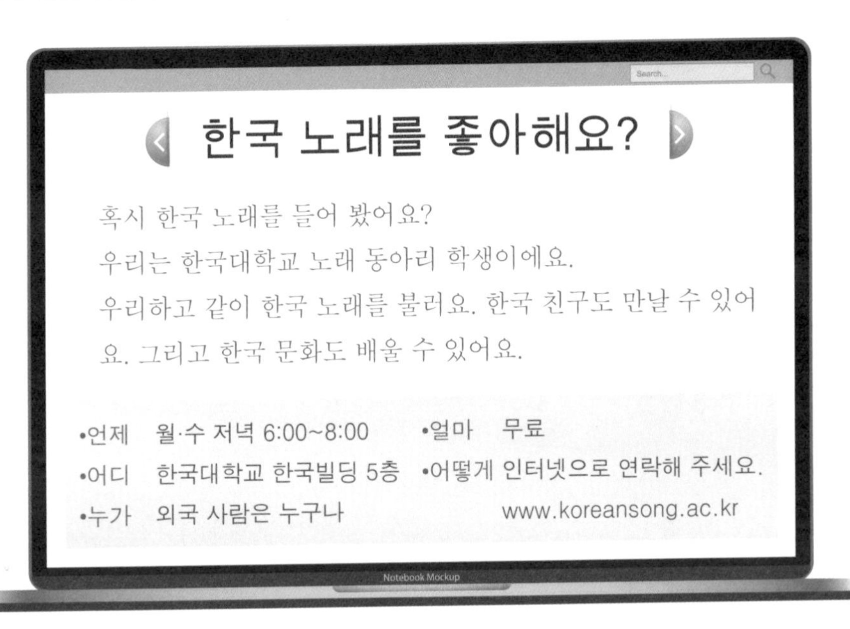

한국 노래를 좋아해요?
혹시 한국 노래를 들어 봤어요?
우리는 한국대학교 노래 동아리 학생이에요.
우리하고 같이 한국 노래를 불러요. 한국 친구도 만날 수 있어요. 그리고 한국 문화도 배울 수 있어요.
•언제 월·수 저녁 6:00~8:00
•어디 한국대학교 한국빌딩 5층
•누가 외국 사람은 누구나
•얼마 무료
•어떻게 인터넷으로 연락해 주세요.
www.koreansong.ac.kr

8 왜 광고（廣告）를 했어요?
ⓐ 인터넷을 배우고 싶어요.
ⓑ 한국 노래를 듣고 싶어요.
ⓒ 한국 문화를 배우고 싶어요.
ⓓ 노래 동아리를 소개하고 싶어요.

9 뭐가 맞아요?
ⓐ 돈이 필요해요.
ⓑ 일주일에 두 번 만나요.
ⓒ 전화로 연락할 수 있어요.
ⓓ 외국 사람은 올 수 없어요.

解答 p.279

韓國文化大不同

Q 「情」的文化

不同的社會有不同的文化，會形成其獨特的思考方式，因此有許多詞具有非常重要的地位，很難翻譯出來。在美國，歷史賦予「自由」、「平等」這樣的詞特殊涵義和重要性。在韓國，對外國人來說，一個尤為重要而且難懂的詞就是정（關愛、熱情、感覺、情緒和愛）。

정的概念是韓國人看待和表達他們之間關係的重要部分，富有同情心且溫柔的人通常被認為擁有很多정。鄉村居民通常會請毫不相識的人吃飯，或提供一個過夜的地方，他們也有很多정。類似台灣人說的「人情味」。

某些動作表達著정。例如：幫人盛飯時，韓國人總是在一個碗裡至少盛兩勺飯，盛太少或只盛一勺都是缺乏정的表現。這種給予的舉動表達了寬容和感激之情，忽略了邏輯中對人們真正吃多少米飯的計算。

和韓國人做朋友是瞭解他們如何思考的最好方式。你可能會聽到他們常談論정，並且很有可能，他們會說你有許多정。

第19課

그다음에 오른쪽으로 가세요.

然後請向右轉。

- 命令形 -（으）세요
- 疑問句的省略
- 格式體尊待形 -（스）ㅂ니다

關鍵句型和文法

命令形：- (으) 세요

附錄 p.264

在發出禮貌命令時，-（으）세요會搭配動詞一起使用。如果要構成否定命令，則將動詞語幹去다接 - 지 마세요。

	前面無終聲	前面有終聲
肯定句	하세요. 請做。	읽으세요. 請讀。
否定句	하지 마세요. 請不要做。	읽지 마세요. 請不要讀。

하루에 1시간 운동하세요.
請每天運動一個小時。

약속을 잊어버리지 마세요.
請別忘記你的承諾。

想知道……

- 不規則動詞

듣다 → 들으세요.
聽。
듣지 마세요.
別聽。

만들다 → 만드세요.
製造。
만들지 마세요.
別製造。

疑問句的省略

當你不想要在對話中一直重複某個部分，可以用 -요 來省略重複的部分。

A 사거리에서 어디로 가요? 從十字路口往哪裡走呢？

B 왼쪽으로 가세요. 請向左走。

A 그다음은요? 然後呢？
(= 그다음은 어디로 가요?)

광화문에 가 주세요.
請到光化門。
네, 알겠습니다.
好，我明白了。
TAXI

格式體尊待形：-（스）ㅂ니다

在正式場合，例如在公司會議或公開演講中，不要使用非格式體尊待形 - 아／어요，應使用格式體尊待形 -（스）ㅂ니다。為了使時制成為現在時制，動詞或形容詞語幹沒有終聲時，應與 - ㅂ니다結合；有終聲時，與 - 습니다結合；提問時，語尾的다要變成까？

	前面無終聲	前面有終聲
陳述句	합니다.	듣습니다.
疑問句	합니까?	듣습니까?

A 어디에서 회의를 합니까? 在哪裡開會？

B 2층 회의실에서 합니다. 在二樓會議室開會。

A 오늘 날씨가 어떻습니까? 今天天氣如何？

B 날씨가 정말 좋습니다. 天氣真的很好。

非格式體尊待形 - 예요／이에요和아니에요相對應的格式體尊待形如下所示：

-예요/이에요 → -입니다

아니에요 → 아닙니다

> 想知道……
> • 不規則動詞
> 알다 → 압니다
> 살다 → 삽니다

A 고향이 밴쿠버입니까? 你的故鄉是溫哥華嗎？

B 아닙니다. 토론토입니다. 不，是多倫多。

對話 1

珍	請到光化門。
計程車司機	到光化門的哪裡？
珍	光化門郵局的前面。
計程車司機	好，我明白了。
	（車行駛一段時間後）
珍	大叔，請在那個便利商店前面停車。
計程車司機	好，我明白了。
	（停車之後）
珍	多少錢？
計程車司機	7500 韓圜。

제인	광화문에 가 주세요.
택시 기사	광화문 어디요?
제인	광화문 우체국 앞에 가 주세요.
택시 기사	네, 알겠습니다.
	(타고 가다가)
제인	아저씨, 저기 편의점 앞에서 세워 주세요.
택시 기사	네, 알겠습니다.
	(택시가 선후)
제인	얼마예요?
택시 기사	7,500원이에요.

單字

광화문 光化門（首爾的某個地區）
우체국 郵局
아저씨 大叔（對三十歲以上男人的稱呼）
편의점 便利商店
세우다 停

表現

광화문에 가 주세요.
請到光化門。
광화문 어디요?
到光化門的哪裡？
세워 주세요. 請停車。

會話便利貼

★ 어디요?「**哪裡？**」
這是詢問某人具體資訊的簡短問句。

광화문 어디요? (= 어디에 가요?) 光化門的哪裡？（＝你要去光化門的哪裡？）

★ 저기① 편의점② 앞에서③「**在那個①便利商店②的前面③**」
在「這裡」或「那裡」之後，描述你想要去的地方。

저기 학교 앞에서 在那所學校的前面

對話 2

馬克	請到明洞。
計程車司機	好，我明白了。 *（車行駛一段時間後）*
馬克	請直走到那個紅綠燈，然後向右轉。
計程車司機	好，然後呢？
馬克	請在這裡停車。
計程車司機	好，我明白了。
馬克	這是車錢，謝謝。
計程車司機	謝謝，再見。

마크	명동에 가 주세요.
택시 기사	네, 알겠습니다. *(타고 가다가)*
마크	저기 신호등까지 직진하세요. 그다음에 오른쪽으로 가세요.
택시 기사	네. 그다음은요?
마크	여기에서 세워 주세요.
택시 기사	네, 알겠습니다.
마크	돈 여기요. 수고하세요.
택시 기사	감사합니다. 안녕히 가세요.

單字

명동 明洞
（首爾的一個地名）
신호등 紅綠燈
까지 到～為止
직진하다 直行
오른쪽 右轉
으로 往～方向
돈 錢
수고하다 辛苦

表現

저기 신호등까지 직진하세요.
直走到那個紅綠燈。
오른쪽으로 가세요.
向右轉。
그다음은요? 然後呢？
돈 여기요. 這是車錢。
수고하세요. 謝謝。
如果你是顧客的話，可以用這句來表示謝謝你（舉例來說，對計程車司機或是服務生等）
＊這句話字面意義是「做得好」的意思。

會話便利貼

★ 方向的指示

你希望在一個具體的地方向左轉或右轉時，對司機說出他應該轉向的地點，然後使用오른쪽「右」或왼쪽「左」並且加上助詞으로。這裡，助詞으로有「沿這個方向」的意思。

사거리에서 오른쪽으로 가세요.　在十字路口向右轉。
편의점에서 왼쪽으로 가세요.　在便利商店向左轉。

發音

149. mp3

● 갔어요 [가써요] vs. 가세요 [가세요]

以下三組詞彙發音相似，是同一單字的兩種不同形式。左邊的詞彙呈現動詞過去時制，而右邊的詞彙顯示同一動詞的命令形。如你所見，每一組兩兩成對的詞彙具有不同含義。在弄清楚這些詞彙的發音差異後，何不嘗試在對話中使用它們呢？

(1) 샀어요（買了）vs. 사세요（請買）

(2) 탔어요（搭乘了）vs. 타세요（請搭）

(3) 배웠어요（學過了）vs. 배우세요（請學）

補充單字

150. mp3

1 타다 搭乘（車）
2 내리다 下（車）
3 지나다 經過
4 건너다 穿過
5 사거리 十字路口
6 횡단보도 斑馬線
7 신호등 紅綠燈
8 모퉁이 角落、隅
9 버스 정류장 公車站
10 지하철역 地鐵站
11 육교 天橋
12 다리 橋

實用短句

指示方向時的表達方式

A 請在紅綠燈處向右轉。

A 請在銀行向左轉。

A 請一直開到紅綠燈。

A 請在藥局的前面停車。

自我小測驗

文法

▶ 請依照下列範例，使用-（으）세요或 - 지 마세요完成以下句子。（1~2）

1
○ 매일 1시간 운동하세요 .
운동하다
○ 많이 (1)________.
걷다
○ 채소를 많이 (2) ________.
먹다
2
✕ 너무 많이 일하지 마세요 .
일하다
✕ 술을 많이 (1)________.
마시다
✕ 담배를 (2) ________.
피우다

▶ 請依照下列範例，使用-（스）ㅂ니다完成以下句子。

3

저는 늦게 일어나요.

아침에 시간이 없어요.

그래서 아침을 안 먹어요.

하지만 커피를 마셔요.

그리고 핸드폰으로 뉴스를 봐요.

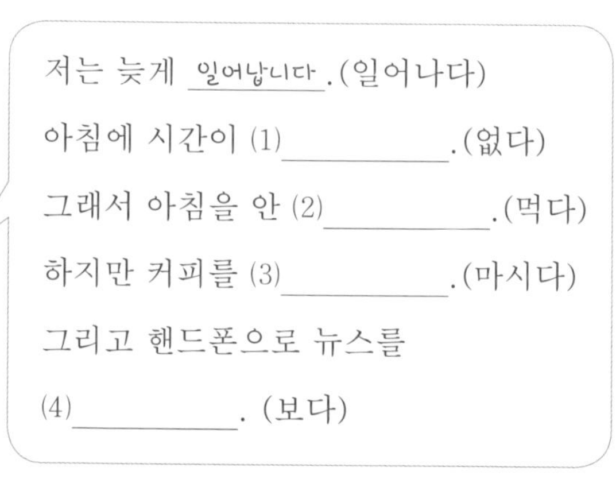

저는 늦게 일어납니다 .(일어나다)
아침에 시간이 (1)________.(없다)
그래서 아침을 안 (2)________.(먹다)
하지만 커피를 (3)________.(마시다)
그리고 핸드폰으로 뉴스를
(4)________. (보다)

▶ 選出正確答案並完成對話內容。（4~5）

4 A 어디로 가요?

B 저기 은행에서 오른쪽으로 가세요.

A (ⓐ 그다음은요? / ⓑ 어디로 가요?)

B 왼쪽으로 가세요.

5 A 마크 씨, 몇 시에 집에 가요?

B 보통 7시에 집에 가요. (ⓐ 몇 시요? / ⓑ 제인 씨는요?)

A 저는 3시에 집에 가요.

聽力

▶ 聽音檔並選出正確答案。（6～7）

6 여자가 어디에서 내려요? (　　　　　)

7 뭐가 맞아요?

ⓐ 여자가 길을 몰라요.　　ⓑ 택시비가 7,400원이에요.

ⓒ 여자가 택시를 탈 거예요.　　ⓓ 여자가 버스로 명동에 가요.

閱讀

▶ 閱讀並選出正確答案。（8～9）

> 제인은 운동을 정말 좋아합니다. 특히 스키와 수영을 좋아합니다.
> (　　) 제인은 겨울마다 스키 타러 산에 갑니다. 그리고 여름에는 수영하러 바다에 갑니다.
> 봄과 가을에는 날씨가 좋습니다. 그래서 공원에서 책을 읽습니다.

8 (　　　)에 알맞은 답을 고르세요.

ⓐ 그리고　　ⓑ 그런데　　ⓒ 그래서　　ⓓ 왜냐하면

9 뭐가 맞아요?

ⓐ 제인은 스키를 탈 수 있습니다.　　ⓑ 제인은 수영을 할 수 없습니다.

ⓒ 제인은 수영하러 수영장에 갑니다.　　ⓓ 여름하고 겨울에 공원에서 책을 읽습니다.

Q 哪個場合應該用哪一種尊待形（敬語）？

學習韓語最難的面向之一，就是了解每種場合的正式程度。韓國文化建立在人與人之間的階層關係上，瞭解韓國文化也是學好韓語的關鍵要素。

那麼，什麼時候要使用格式體尊待形 -（스）ㅂ니다，什麼時候要使用非格式體尊待形 - 아／어요呢？如果盛裝打扮在觀眾面前用韓語發表演說，或在鏡頭前發布新聞，毫無疑問應使用格式體尊待形 -（스）ㅂ니다。格式體尊待形缺少親暱感，雖然聽起來硬梆梆的，但在正式場合使用格式體尊待形才符合禮儀。

非格式體尊待形 - 아／어요用於營造輕鬆的氛圍。對於每天遇到的人以及你覺得與他們有親密關係的人，可以使用 - 아／어요（如鄰居或店家主人），不過雙方必須有相互的熟稔。服務業從業人員（如百貨公司銷售人員或機場服務人員）通常會使用格式體尊待形 -（스）ㅂ니다，但如果他們希望以更友善的方式親近，可能會使用 - 아／어요。

語言就像衣服一樣應該因場合制宜。因此，當你想要與某人打交道時，請在說話前決定你是否應該使用格式體尊待形 -（스）ㅂ니다或非格式體尊待形 - 아／어요。

第 20 課

성함이 어떻게 되세요?

請問尊姓大名？

- 主語尊待
- 聽者尊待

몇 분이세요?
請問幾位？
4명이요.
四個人。
RESTAURANT

主語尊待

附錄 p.264

外國人比較容易混淆非格式體尊待形與格式體尊待形的使用時機。請記得，不同場合會決定當下應該使用格式體尊待形或非格式體尊待形。而句子的主語會決定語尾使用何種尊待法。

在非正式場合中對句子主語的尊待

當句子的主語是比話者年長的人，例如話者的祖母、祖父、父親或母親時，請使用尊待形。在尊待形句子中，助詞께서會替代主格助詞이／가，現在時制動詞語尾加上尊待的 - 시變成 - （으）세요，過去時制動詞語尾加上尊待的 - 시變成 - （으）셨어요，未來時制動詞語尾加上尊待的 - 시變成 - （으）실거예요。

	前面無終聲	前面有終聲
現在	하세요.	읽으세요.
過去	하셨어요.	읽으셨어요.
未來	하실 거예요.	읽으실 거예요.

1 基本形 진수가 운동해요. 真洙在運動。
尊待形 할아버지께서 운동하세요. 祖父在運動。

2 基本形 동생이 음악을 들었어요. 弟弟聽了音樂。
尊待形 어머니께서 음악을 들으셨어요. 母親聽了音樂。

3 基本形 친구가 이따가 올 거예요. 朋友待會會來。
尊待形 아버지께서 이따가 오실 거예요. 父親待會會來。

성함이 어떻게
되세요?
請問您的大名是？
마크
피터스입니다.
我叫馬克・皮特斯。

聽者尊待

當你向年長者、陌生人或需要表示尊重的人提問時，請使用尊待形。跟韓國人交談時，可能會聽到對方尊待自己。但請記得，回答問題時不可自己尊待自己。

1 A 어디에 가세요? 您要去哪裡？
 B 회사에 가요. 我要去公司。

2 A 뉴스 보셨어요? 您看到新聞了嗎？
 B 아니요, 못 봤어요. 不，我沒有看見。

正式場合對聽者的尊待

上一課簡單介紹了格式體尊待形 -（스）ㅂ니다。日常生活中，非格式體尊待形 -（으）세요 的使用最為廣泛。雖然身為外語學習者，我們自己不常使用，但常會聽到別人講格式體尊待形。韓國人在正式場合如演講、與顧客交談等，經常使用格式體尊待形。這是因為他們常與陌生人交談，或是跟需要表示尊重的人說話。格式體尊待形陳述句是 -（으）십니다；格式體尊待形疑問句是 -（으）십니까？以問候語「안녕하세요」為例，「안녕하세요」是非格式體尊待形；「안녕하십니까」是格式體尊待形。請留意兩種尊待形的語尾不同。

A 일을 다 끝내셨습니까? 您的工作都做完了嗎？
B 네, 끝냈습니다. 是的，做完了。

對話 1

保羅 我可以預約今晚六點的位子嗎？
職員 是的，可以。請問會有幾位要過來？
保羅 四位。
職員 請問您的大名？
保羅 我的名字是保羅·史密斯。
職員 請告訴我您的聯絡方式。
保羅 010-2798-3541。
職員 好的，已預約好了。

폴 오늘 저녁 6시에 예약돼요?

직원 네, 됩니다. 몇 분 오실 거예요?

폴 4명요.

직원 성함이 어떻게 되세요?

폴 제 이름은 폴 스미스입니다.

직원 연락처를 가르쳐 주세요.

폴 010-2798-3541이에요.

직원 네, 예약됐습니다.

單字

예약 預約
되다 成為、變成
분 位（尊待語）
몇 분 幾位（尊待語）
성함 大名（尊待語）
연락처 聯絡方式（電話號碼）

表現

예약돼요? 可以預約嗎？
네, 됩니다. 是的，可以。
몇 분 오실 거예요? 請問會來幾位？
성함이 어떻게 되세요? 請問尊姓大名？（尊待語）
연락처를 가르쳐 주세요. 請告訴我您的聯絡方式。
예약됐습니다. 預約好了。

會話便利貼

★ 성함이 어떻게 되세요?「請問尊姓大名？」
這是以尊待他人的方式詢問別人的名字。成年人經常使用此表達詢問他人姓名（但對同輩可以使用이름이 뭐예요?）。在飯店或其它服務業場合，服務人員常使用這樣的尊待語。但請記得，自己不可以對自己使用尊待語。

★ 自我介紹時，使用格式體尊待形。
韓國人在自我介紹、進行預約等場合，說出自己的全名時，往往使用 -입니다，而不使用 -예요 / 이에요。

對話 2

珍 我想預約下個週末的房間。
職員 您要住幾天呢？
珍 從星期五開始住三天。有雙人房嗎？
職員 是，有的。請問尊姓大名？
珍 珍・布朗。
職員 請在星期五傍晚六點前到達這裡。
珍 好，我明白了。

제인 다음 주말에 방을 예약하고 싶어요.

직원 며칠 동안 묵으실 거예요?

제인 금요일부터 3일 동안 묵을 거예요.
2인실 있어요?

직원 네, 있습니다. 성함이 어떻게 되세요?

제인 제인 브라운입니다.

직원 금요일 저녁 6시까지 와 주세요.

제인 네, 알겠습니다.

單字

주말 週末
다음 주말에 下週末
방 房間
예약하다 預約
며칠 동안 幾天
묵다 停留、投宿
2인실 雙人房
까지 到～為止

表現

며칠 동안 묵으실 거예요?
您會住幾天？
금요일부터 3일 동안 묵을 거예요.
從星期五開始住三天。
2인실 있어요?
有雙人房嗎？
6시까지 와 주세요.
請在六點之前到達這裡。

會話便利貼

★ 얼마 동안 = 며칠 동안「幾天」

얼마 동안跟며칠 동안都是問「多少天」的意思，但它們有些微不同的差異。如果這個問題是用얼마 동안詢問，是真的要問特定的天數；如果是用며칠 동안詢問，則可以用不同的時間單位來回答（年、月、日、小時等）。

★ 針對單人

在飯店裡，單人房稱為1(일) 인실；在餐廳，單人的一份食物稱為1(일) 인분。

★ 助詞까지「到…為止」

在時間單位後使用助詞까지表示時間限制。내일 1시까지 오세요.的意思是「在明天1點之前來」。

發音

- 연락처 [열락처]

當終聲子音ㄴ後面緊接著初聲子音ㄹ，或終聲子音ㄹ後面緊接著初聲子音ㄴ，ㄴ會流音化變音為[ㄹ]。

(1) ㄴ → [ㄹ]　관리 [괄리], 신라 [실라]

(2) ㄴ → [ㄹ]　설날 [설랄], 한글날 [한글랄]

補充單字

기분이 좋다
心情好

기분이 나쁘다
心情差

놀라다
吃驚

아프다
痛、生病、不舒服

행복하다
幸福

슬프다
悲傷

당황하다
慌張

졸리다
睏、想睡

화가 나다
生氣

무섭다
害怕

피곤하다
累、疲倦

부끄럽다
害羞

實用短句

付款

A 可以用信用卡付款嗎？
B 對不起，先生，我們不收信用卡。
用於想知道能否使用信用卡時。

A 我應該怎麼為您結帳？
B 請一次付清。
用於使用信用卡時。

※ 當你想要分期付款時，可以說：
3 개월 할부로 해 주세요 .
請按三個月分期付款結帳。
※ 銷售人員請您簽名時會說：
여기에 사인해 주세요 . 請在這裡簽名。

外送

A 大叔，可以外送嗎？
B 當然，可以外送。
用於想知道對方是否願意外送時。

A 請幫我外送一個披薩。
B 是，明白了。
用於用電話叫外送時。

自我小測驗

文法

▶ 請參考範例，用非格式體尊待形完成下列文章。

1

-아/어요

친구가 요즘 몸이 안 좋아요.

그래서 아침마다 운동하러 가요.

전에 친구가 운동을 안 좋아했어요.

그런데 요즘 운동을 좋아해요.

전에 친구가 고기를 많이 먹었어요.

그런데 요즘 채소를 많이 먹어요.

그리고 전에 친구가 늦게 잤어요.

그런데 요즘 일찍 자요.

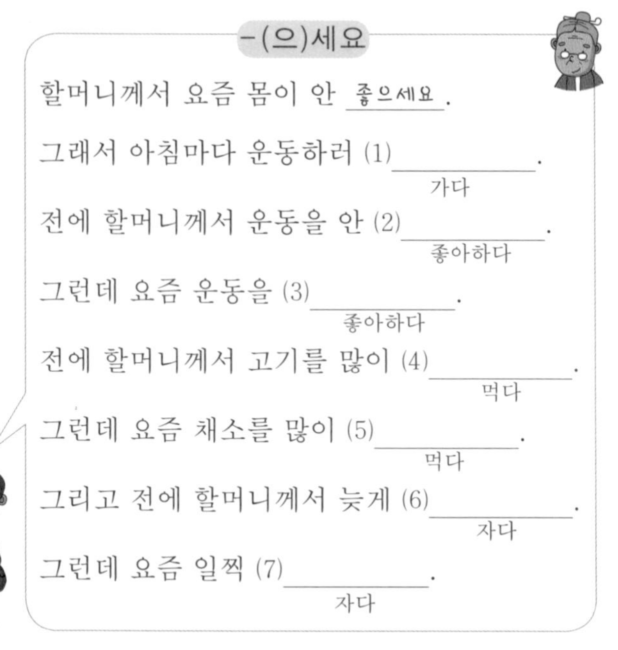

-(으)세요

할머니께서 요즘 몸이 안 좋으세요.

그래서 아침마다 운동하러 (1)__________. (가다)

전에 할머니께서 운동을 안 (2)__________. (좋아하다)

그런데 요즘 운동을 (3)__________. (좋아하다)

전에 할머니께서 고기를 많이 (4)__________. (먹다)

그런데 요즘 채소를 많이 (5)__________. (먹다)

그리고 전에 할머니께서 늦게 (6)__________. (자다)

그런데 요즘 일찍 (7)__________. (자다)

▶ 閱讀句子，選出正確的答案。（2～3）

2 (1) 저는 친구 (ⓐ 이름 / ⓑ 성함)을 몰라요.

(2) 저는 선생님 (ⓐ 이름 / ⓑ 성함)을 몰라요.

3 (1) 저는 친구 (ⓐ 나이 / ⓑ 연세)를 알아요.

(2) 저는 할아버지 (ⓐ 나이 / ⓑ 연세)를 알아요.

▶ 請參考範例，用非格式體尊待形完成下列對話。（4～6）

Ex. A 한국 생활은 재미있으세요?

B 네, 재미있어요.

4 A 한국어를 __________?

B 네, 배워요.

5 A 한국어 공부가 __________?

B 네, 좀 어려워요.

6 A 어제 무슨 음식을 __________?

B 불고기를 먹었어요.

聽力

▶ 聽音檔並選擇正確答案。（7～8）

158. mp3

7 왜 제인이 전화했어요?

ⓐ 식당 길을 알고 싶어요.　　ⓑ 식당을 예약하고 싶어요.

ⓒ 식당 시간을 알고 싶어요.　　ⓓ 식당 전화번호를 알고 싶어요.

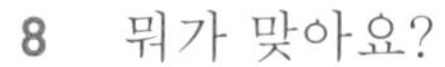

8 뭐가 맞아요?

ⓐ 이 식당은 전화 예약이 안 돼요.　　ⓑ 제인은 식당 전화번호를 몰라요.

ⓒ 제인은 8시까지 식당에 갈 거예요.　　ⓓ 제인은 다른 사람 두 명하고 같이 갈 거예요.

閱讀

▶ 閱讀並選出正確答案。

9 뭐가 맞아요?

ⓐ 호텔이 산 옆에 있습니다.

ⓑ 전화로 예약할 수 없습니다.

ⓒ 전화 예약은 5% 할인됩니다.

ⓓ 인터넷 예약이 15% 할인됩니다.

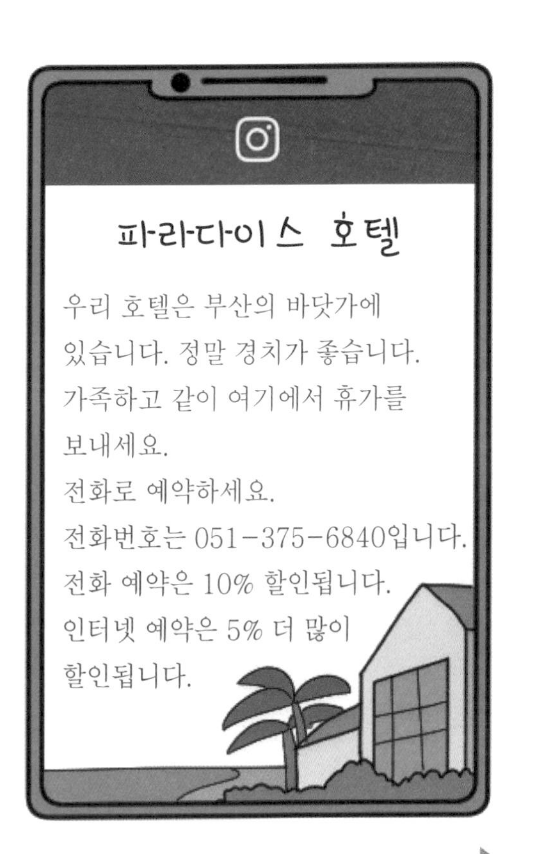

파라다이스 호텔
우리 호텔은 부산의 바닷가에 있습니다. 정말 경치가 좋습니다. 가족하고 같이 여기에서 휴가를 보내세요.
전화로 예약하세요.
전화번호는 051-375-6840입니다.
전화 예약은 10% 할인됩니다.
인터넷 예약은 5% 더 많이 할인됩니다.

解答 p.279

韓國文化大不同

미역국 昆布湯

삼계탕
蔘雞湯

팥죽 紅豆粥

Q 你知道韓國人在特殊節日裡吃什麼嗎？

悶熱的夏天沿著大街行走，你會在餐廳前看見韓國人大排長龍，那很可能是삼계탕（蔘雞湯）店。這看起來有點奇怪，不過，韓國人相信，在大熱天裡喝熱湯能夠恢復能量和精神。這種思想源自於東方哲學。所以即使在一年中最熱的日子裡，韓國人也喝삼계탕（蔘雞湯）。

生日的時候，無論是和朋友一起慶祝，還是靜靜地在家裡度過，韓國人毫無例外地都喝미역국（昆布湯）。根據傳統，剛剛生完小孩的母親要喝這種湯，以感謝送子娘娘賜給自己健康的孩子。這種習慣被保留至今，不過不再是為了感謝神，而是為了感謝母親。昆布有許多營養成分，有助於生產後的身體恢復。所以，大約一個月的時間裡，大多數的產後婦女每天都喝這種湯。韓國人在生日時保留了喝這種湯的習慣，以表達對母親的感謝。

冬至的時候，韓國人喝팥죽（紅豆粥）。古時候，人們相信這是一年中的第一天，認為喝팥죽（紅豆粥）能夠驅除妖魔，為身體補充元氣。並且紅色在韓國具有驅魔除妖之意，同時也起到淨化身心的作用。

你也在這些特殊的日子裡嘗嘗這些韓國特色食品怎麼樣？

附錄

文法補充
文法回顧
聽力測驗 & 自我小測驗答案
關鍵句型速記
索引

文法補充

第 5 課　量詞　p.103

	개	명	분	마리	잔	권	장
1	**한** 개	**한** 명	**한** 분	**한** 마리	**한** 잔	**한** 권	**한** 장
2	**두** 개	**두** 명	**두** 분	**두** 마리	**두** 잔	**두** 권	**두** 장
3	**세** 개	**세** 명	**세** 분	**세** 마리	**세** 잔	**세** 권	**세** 장
4	**네** 개	**네** 명	**네** 분	**네** 마리	**네** 잔	**네** 권	**네** 장
5	다섯 개	다섯 명	다섯 분	다섯 마리	다섯 잔	다섯 권	다섯 장
20	**스무** 개	**스무** 명	**스무** 분	**스무** 마리	**스무** 잔	**스무** 권	**스무** 장
21	스물한 개	스물한 명	스물한 분	스물한 마리	스물한 잔	스물한 권	스물한 장
許多	여러 개	여러 명	여러 분	여러 마리	여러 잔	여러 권	여러 장

第 7 課　搭配이다組成的問句句型　p.122

집이 **어디**예요?	你家在**哪裡**？
생일이 **언제**예요?	你的生日是**什麼時候**？
이름이 **뭐**예요?	你叫**什麼**名字？
저분이 **누구**예요?	那一位是**誰**？

第 8 課 搭配몇組成的問句句型 p. 132

몇 시…? A 회의가 **몇 시**예요? B 1시 20분이에요. (한 시 이십 분이에요.)	**幾點？** A 幾點開會？ B 1點20分。
몇 번…? A 전화번호가 **몇 번**이에요? B 9326-7435예요. (구삼이육에 칠사삼오예요.)	**幾號？** A 你的電話號碼是幾號？ B 9326-7435。
몇 명…? A 가족이 **몇 명**이에요? B 5명이에요. (다섯 명이에요.)	**幾人、幾名？** A 你家有多少人？ B 五個人。

第 12 課 現在時制非格式體尊待形-아／어요 p.172

1. 해요	2. -아요	3. -어요
如果把하다動詞改為現在時制，其形態永遠是해요。 **공부하다 → 공부해요** 일하다 → 일해요 운전하다 → 운전해요 시작하다 → 시작해요 여행하다 → 여행해요 준비하다 → 준비해요 연습하다 → 연습해요 말하다 → 말해요	如果語幹最後一個音節以母音ㅏ、ㅗ結尾，去다在語幹之後接-아요。 **받다 → 받아요** (받 + -아요 → 받아요) 살다 → 살아요 놀다 → 놀아요	如果語幹最後一個音節以母音ㅓ、ㅜ結尾，去다在語幹之後接-어요。 **먹다 → 먹어요** (먹 + -어요 → 먹어요) 읽다 → 읽어요 찍다 → 찍어요
	如果語幹最後一個音節以母音ㅏ結尾，ㅏ+-아合併為一個ㅏ，直接接-아요。 **가다 → 가요** (가 + -아요 → 가요) 만나다 → 만나요 끝나다 → 끝나요	如果語幹最後一個音節以母音ㅐ結尾，語尾接-어요，變成-내요。 **보내다 → 보내요** (보내 + -어요 → 보내요) 지내다 → 지내요
	若語幹最後一個音節以母音ㅗ結尾，則ㅗ和ㅏ結合成ㅘ。 **오다 → 와요** (오 + -아요 → 와요) 보다 → 봐요	如果語幹最後一個音節以母音ㅜ結尾，則ㅜ和ㅓ結合成ㅝ。 **주다 → 줘요** (주 + -어요 → 줘요) 배우다 → 배워요
		如果語幹最後一個音節以母音ㅣ結尾，則ㅣ和ㅓ結合成ㅕ。 **마시다 → 마셔요** (마시 + -어요 → 마셔요) 가르치다 → 가르쳐요 기다리다 → 기다려요

第 13 課　連接副詞　p.183

그리고 而且、和	날씨가 좋아요. **그리고** 사람들이 친절해요. 天氣好，**而且**人們親切
그런데, 하지만 可是、但是	한국어 공부가 재미있어요. **그런데** 좀 어려워요. 學習韓文很有趣，**但**有點困難。
그래서 所以、因此	배가 아파요. **그래서** 병원에 가요. 我肚子痛，**所以**去醫院。
그러니까 所以、因此	비가 와요. **그러니까** 우산을 가지고 가세요. 下雨了，**所以**請帶把傘。
그러면 (= 그럼) 那麼	한국어를 잘하고 싶어요? **그러면** 한국 친구하고 많이 얘기해요. 你想學好韓文嗎？**那麼**就多和韓國朋友聊天。

第 19、20 課　命令形 -（으）세요與尊待形　p.242、p.252

動詞原形	動詞 尊待形	搭配 -（으）세요 命令形	尊待形		
			現在時制 (으) 세요	過去時制 (으) 셨어요	未來時制 (으) 실 거예요
먹다, 마시다	드시다	드세요	드세요	드셨어요	드실 거예요
있다	계시다	계세요	계세요	계셨어요	계실 거예요
자다	주무시다	주무세요	주무세요	주무셨어요	주무실 거예요

表達尊待時，上述動詞會轉變成尊待形（例如：먹다 → 드시다）。

第 20 課　尊待形　p.252

	基本形	尊待形
名字	이름 이름이 뭐예요?	성함 성함이 어떻게 되세요?
年齡	나이 나이가 몇 살이에요?	연세 연세가 어떻게 되세요?
家	집 집이 어디예요?	댁 댁이 어디세요?
飯、餐	밥 밥 먹었어요?	진지 진지 드셨어요?

絕大多數時，唯一區別非格式體尊待形語句尊待程度的方法就是看句子的動詞。但在某些情況下，基本形名詞也會隨著對聽者或動作對象的尊待而改用尊待形名詞。

文法回顧

▶ 常見易混淆的部分 ◀

1 如何讀數字 第 5、6 課

固有數字	漢字數字
計算 가방 1개 (**한** 개) 一個包包 친구 2명 (**두** 명) 兩位朋友 커피 3잔 (**세** 잔) 三杯咖啡 **年齡** 15살 (**열다섯** 살) 十五歲	**讀數字** 數字 1번 (**일** 번) 電話號碼 7019－8423 (**칠공일구**에 **팔사이삼**) 日期 2016년 3월 9일 (**이천십육** 년 **삼** 월 **구** 일) 價格 24,500원 (**이만 사천오백** 원) 地址 서울 아파트 102동 (**백이** 동) 603호 (**육백삼** 호) 樓層 5층 (**오** 층)
時間 / 小時 5시 (**다섯** 시) 예요. 五點 2시간 (**두** 시간) 일했어요. 工作了兩小時。	**分鐘** 5분 (**오** 분)이에요.　五分鐘。
月 1달 (**한** 달) 동안 여행했어요. 我旅行了一個月。	**年 / 週 / 日期** 1년 (**일** 년) 동안 살았어요. 住了一年。 2주일 (**이** 주일) 동안 준비했어요. 準備了兩個星期。 3일 (**삼** 일) 동안 전화 안 했어요. 三天沒打電話了。

2 比較 - 예요 / 이에요 vs. 있어요 第 1、4、6 課

- 예요/이에요 用於表達當主語和其他事物有對應關係時。 마크가 폴 친구**예요**. 馬克**是**保羅的朋友。 선생님이 한국 사람**이에요**. 老師**是**韓國人	**있어요** 表達某物存在的特定時間或地點。 제니가 집에 **있어요**. 學生**在**學校。 학생이 학교에 **있어요**. 珍妮**在**家裡。
아니에요 用於當對應不存在時，是 - 예요 / 이에요的否定形。 제니는 남자가 **아니에요**. 珍妮**不是**男人 폴은 미국 사람이 **아니에요**. 保羅**不是**美國人。	**없어요** 用於某物不存在於特定時間或地點時，是있어요的否定形。 제임스가 집에 **없어요**. 詹姆士**不在**家。

3 從…到… 第 8、9、12 課

地點 …에서 …까지	서울**에서** 부산**까지** 버스로 4시간 걸려요. **從**首爾**到**釜山搭客運要四個小時。
時間 …부터 …까지	1시**부터** 3시**까지** 공부해요. 我**從**一點讀書讀**到**三點。
人 …한테서 …한테	친구**한테서** 얘기 들었어요. 하지만 다른 친구**한테** 말 안 할 거예요. 我**從**朋友那裡聽說了，不過，我不會把它告訴其他朋友的。

4 比較 시 和 시간 第 8、9 課

時間 시	**2시에** 친구를 만나요. **兩點**和朋友見面。
期間 시간	**2시간** 동안 영화를 봤어요. 看了**兩小時**的電影。

5 이 / 그 / 저 第 3 課

	이（這）	그（那）	저（那）
何時使用	當所指事物離話者較近。	1)當所指事物離聽者較近。 2)當話者、聽者皆看不見所指事物。	當話者與聽者皆看得到所指事物，但該事物離他們都很遠。
修飾名詞	이 사람 這個人	그 사람 那個人	저 사람 那個人
이것／저것／그것＋主格助詞이	이게 這個 （이것이的縮寫）	그게 那個 （그것이的縮寫）	저게 那個 （저것이的縮寫）
이것／저것／그것＋補助詞은	이건 這個 （이것은的縮寫）	그건 那個 （그것은的縮寫）	저건 那個 （그것은的縮寫）
副詞	여기 這裡、這邊	거기 那裡、那邊	저기 那裡、那邊

▶ 不規則動詞 ◀

1 ㄷ 不規則動詞 p. 202

當動詞語幹以ㄷ結尾，且後面接母音開頭的字（如現在時制 - 아／어요）時，ㄷ會變成ㄹ。

듣다 → 듣 + - 아／어요 → 들 + - 아／어요 → 들어요

한국 음악을 자주 들어요. 我常聽韓國音樂。

2 ㅂ 不規則動詞 p. 202

當動詞語幹以ㅂ結尾，且後面接母音開頭的字（如現在時制 - 아／어요）時，ㅂ會先變成우。然後우再跟語尾 - 어요相結合，變成 - 워요。

쉽다 → 쉽 + - 어요 → 쉬우 + - 어요 → 쉬워요

한국어가 쉬워요. 韓文很容易。

3 으 不規則動詞

當動詞語幹以으結尾，且後面接母音開頭的字（如現在時制 - 아／어요）時，으會脫落。

바쁘다 → 바쁘 + - 아 → 바ㅃ + - 아요 → 바빠요

인호가 정말 바빠요. 仁浩真的很忙。

4 ㄹ 不規則動詞 p. 243

當動詞語幹以ㄹ結尾，且後面接初聲子音ㄴ、ㅂ、ㅅ時，ㄹ會脫落。

살다 → 살 + - ㅂ니다 → 사 + - ㅂ니다 → 삽니다

저는 한국에서 삽니다. 我住在韓國。

5 르 不規則動詞

當動詞語幹以르結尾，且後面接 - 아／어요時，「르」的「ㅡ」會脫落，並在「르」的前一個音節加上另一個ㄹ。

다르다 → 다르 + - 아요 → 달ㄹ + - 아요 → 달라요

한국어는 영어하고 너무 달라요. 韓語和英語的差別很大。

▶ 助詞 ◀

① 主格助詞 이 / 가

前面無終聲	前面有終聲
폴 씨가 호주 사람이에요. 保羅是澳洲人。	선생님이 한국 사람이에요. 老師是韓國人。

② 受格助詞 을 / 를

前面無終聲	前面有終聲
커피를 좋아해요. 我喜歡咖啡。	물을 마셔요. 喝水。

③ 補助詞 은 / 는

前面無終聲	前面有終聲
저는 폴이에요. 我是保羅。	선생님은 한국 사람이에요. 老師是韓國人。

(1) 補助詞：用手勢表示強調。
저는 마크예요. 그리고 저분은 제 선생님이에요.
我是馬克，然後那位是我的老師。

(2) 強調對比。
비빔밥은 좋아해요. 그런데 김치는 안 좋아해요.
我喜歡拌飯和烤肉。不過我不喜歡泡菜。

(3) 放在想要強調的事物之後。
A 머리가 아파요. 我頭痛。
B 약은 먹었어요? 吃藥了嗎？

④ 時間助詞 에

時間後直接接時間助詞에。
3시에 만나요. 三點見。
6시 30분에 끝나요. 六點半結束。

5 目的地助詞 에

助詞에：這個助詞搭配動詞가다／오다一起使用。
학교에 가요. 我去學校。

6 地方助詞 에 / 에서

(1) 地方助詞에：這個助詞搭配動詞있다／없다一起使用。
집에 있어요. 我在家。
(2) 地方助詞에서：這個助詞搭配其他所有動作動詞一起使用。
집에서 일해요. 我在家工作。

7 其他助詞

(1) 한테 對（某人）
폴이 부모님한테 이메일을 보내요. 保羅寄電子郵件給父母。

(2) 한테서 來自（某人）
앤이 친구한테서 선물을 받았어요. 安收到朋友送的禮物。

(3) 來自（某地）
마크가 미국에서 왔어요. 馬克來自美國。

(4) …에서 …까지 從…到…（地方）
집에서 회사까지 시간이 얼마나 걸려요?
從家裡到公司需花費多久的時間？

(5) …부터 …까지 從…到…（時間）
1시부터 2시까지 점심시간이에요. 一點到兩點是午餐時間。

(6) 까지 到…為止
어제 새벽 2시까지 공부했어요. 我昨天唸書唸到凌晨兩點。

(7) 도 也
저도 영화를 좋아해요. 我也喜歡電影。

(8) 만 只
제 동생은 고기만 먹어요. 我弟弟只吃肉。

(9) 마다 每
일요일마다 친구를 만나요. 每個星期日都和朋友見面。

(10) (으)로 表交通手段
매일 학교에 지하철로 가요. 每天搭地鐵上學。

(11) (으)로 表道具
사람들은 젓가락으로 국수를 먹어요. 人們用筷子吃飯。

(12) (으)로 表方向
남쪽으로 가세요. 請往南邊走。

▶ 疑問詞 ◀

1 人

▶ 누가 誰

用於以「誰」為主語的句子，同時使用主格助詞가。

누가 사무실에 있어요? 誰在辦公室？

누가 운동해요? 誰在運動？

▶ 누구

(1) 誰：和 - 예요搭配使用。

이분이 누구예요? 這位是誰？

(2) 誰（受詞）

■ 和受格助詞를搭配使用

누구를 좋아해요? 你喜歡誰？

■ 和助詞하고（和）搭配使用

누구하고 식사해요? 你和誰一起吃飯？

■ 和助詞한테（給）搭配使用

누구한테 전화해요? 你打電話給誰？

■ 和助詞한테서（從）搭配使用

누구한테서 한국어를 배워요? 你跟誰學習韓文？

(3) 誰的：表「所有格」的概念。

이 가방이 누구 거예요? 這包包是誰的？

2 事物

▶ 뭐 什麼

(1) 和 - 예요搭配使用。

이름이 뭐예요? 你叫什麼名字？

(2) 和其他動詞搭配使用。

오늘 오후에 뭐 해요? 你今天下午要做什麼？

▶ 무슨 哪種

用於詢問事物的內容或特徵。

무슨 영화를 좋아해요? 你喜歡哪種電影？

▶ 어느 哪一個

用於在許多可能中做出選擇。

어느 나라 사람이에요? 你是哪一國人？

▶ **어떤 哪一種、什麼樣的**

(1) 用於詢問屬性或特性。

어떤 음식을 좋아해요? 你喜歡哪一種食物?

(2) 用於在各種可能性當中做選擇。

이 중에서 어떤 옷을 사고 싶어요? 你想在這之中買什麼樣的衣服?

▶ **몇**

(1) 多少

■ 計算物品時與量詞개(個)搭配使用。

가방이 몇 개 있어요? 有幾個包包呢?

■ 計算人數時與量詞명(名)搭配使用。

사람이 몇 명 있어요? 有多少人呢?

■ 計算頻率時與量詞번(次)搭配使用。

제주도에 몇 번 가 봤어요? 你去過幾次濟州島呢?

(2) 幾

■ 讀電話號碼時。

전화번호가 몇 번이에요? 你的電話號碼是幾號?

■ 讀時間時。

몇 시 몇 분이에요? 幾點幾分?

3 時間

▶ **언제 什麼時候**

(1) 與 - 예요搭配使用。

생일이 언제예요? 你的生日是什麼時候?

(2) 和其他動詞搭配使用(注意:無需使用時間助詞에)。

언제 파티에 가요? 你何時赴宴?

▶ **며칠 哪天**

(1) 與 - 이에요搭配使用。

오늘이 며칠이에요? 今天是幾號?

(2) 和其他動詞搭配使用(需搭配時間助詞에)。

며칠에 가요? 你幾號要去?

▶ **몇 시 幾點**

(1) 與 - 예요搭配使用。

지금 몇 시예요? 現在是幾點?

(2) 和其他動詞搭配使用(需搭配時間助詞에)。

몇 시에 운동해요? 你幾點要運動?

▶ **무슨 요일 星期幾**

⑴ 與 - 이에요搭配使用。
오늘이 무슨 요일이에요? 今天是星期幾？

⑵ 和其他動詞搭配使用（需搭配時間助詞에）。
무슨 요일에 영화를 봐요? 你星期幾看電影？

❹ 地點

▶ **어디 哪裡**

⑴ 與 - 예요搭配使用。
집이 어디예요? 你家在哪裡？

⑵ 與動詞가다 / 오다搭配使用（需搭配時間助詞에）。
어디에 가요? 你要去哪裡？

⑶ 與動詞있다／없다搭配使用（需搭配地方助詞에）。
화장실이 어디에 있어요? 洗手間在哪裡？

⑷ 和其他動作動詞搭配使用（需搭配地方助詞에서）。
어디에서 친구를 만나요? 你在哪裡和朋友見面？

❺ 其他

▶ **얼마 多少**：與 - 예요搭配使用。
이게 얼마예요? 這個多少錢？

▶ **얼마나 多長/多少時間**：與動詞걸려요搭配使用。
시간이 얼마나 걸려요? 這要花費多少時間？

▶ **얼마 동안 多長期間**：與其他動詞搭配使用。
얼마 동안 한국에 살았어요? 你在韓國生活了多久？

▶ **어떻게 怎麼樣、怎麼：用於詢問做某事的方法。**
어떻게 집에 가요? 你怎麼回家？

▶ **왜 為什麼：用於詢問某事的原因。**
왜 한국어를 공부해요? 你為什麼學韓文？

聽力測驗 & 自我小測驗答案

韓文字母 I

p.22

1 X　2 O　3 X　4 ⓑ
5 ⓓ　6 ⓐ　7 ⓒ　8 ⓐ
9 ⓑ　10 ⓑ
11 나 이　12 소
13 가 수　14 나 무

韓文字母 II

p.32

1 ⓑ　2 ⓐ　3 ⓑ　4 ⓐ
5 ⓑ　6 ⓑ　7 ⓑ　8 ⓐ
9 ⓑ　10 ⓐ　11 ⓒ　12 ⓑ
13 ⓓ　14 ⓑ
15 요 리　16 여 유
17 다 리　18 바 지
19 물 건　20 한 국

韓文字母 III

p.42

1 ⓑ　2 ⓐ　3 ⓑ　4 ⓑ
5 ⓐ　6 ⓑ　7 ⓒ　8 ⓒ
9 ⓑ　10 ⓓ　11 ⓑ　12 ⓐ
13 ⓓ
14 세 금　15 계 란
16 카 메 라　17 컴 퓨 터
18 옆　19 윷

韓文字母 IV

p.52

1 ⓒ　2 ⓑ　3 ⓐ　4 ⓑ
5 ⓐ　6 ⓓ　7 ⓒ　8 ⓓ
9 ⓑ　10 ⓑ
11 의 지　12 사 과
13 오 빠　14 딸 기
15 벚 꽃　16 찜 닭

第 1 課

p.68

▶ 文法

1 예요　2 예요
3 이에요　4 한국
5 일본 사람이에요　6 저는 미국 사람이에요
7 뭐　8 어느 나라

▶ 聽力

036. mp3

9 A 이름이 뭐예요?
B 제임스예요.
A 어느 나라 사람이에요?
B 영국 사람이에요.

10 A 이름이 뭐예요?
B 인호예요.
A 어느 나라 사람이에요?
B 한국 사람이에요.

11 A 이름이 뭐예요?
B 유웨이예요.
A 어느 나라 사람이에요?
B 중국 사람이에요.

9 ⓒ, ㉮　10 ⓑ, ㉰
11 ⓐ, ㉯

▶ 閱讀

12 ⓓ

第 2 課

p.78

▶ 文法

1 네, 아니요　　2 아니요, 네

3 영어　　4 한국어

5 ⓒ　　6 ⓐ　　7 ⓑ

▶ 聽力

8 A 제인 씨, 회사원이에요?
B 아니요.
A 그럼, 의사예요?
B 아니요.
A 그럼, 학생이에요?
B 아니요.
A 그럼, 선생님이에요?
B 네, 맞아요.

9 A 민호 씨, 학생이에요?
B 아니요.
A 그럼, 무슨 일 해요?
B 선생님이에요.
A 그럼, 한국어 선생님이에요?
B 아니요, 일본어 선생님이에요.

042. mp3

8 ⓐ　　9 ⓓ

▶ 閱讀

10 (1) ⓑ　　(2) ⓐ

第 3 課

p.88

▶ 文法

1 이　　2 가　　3 이　　4 가

5 마크　　6 제인 씨예요

7 (1) 시계예요　　(2) 유진 씨

8 (1) 이게　　(2) 누구

▶ 聽力

9 ⓐ 시계예요.　　ⓑ 의자예요.
ⓒ 책이에요.　　ⓓ 책상이에요.

048. mp3

9 ⓒ

10 A 가방이 누구 거예요?
B ⓐ 마크 씨예요.　　ⓑ 네, 맞아요.
ⓒ 가방이에요.　　ⓓ 마크 씨 거예요.

049. mp3

10 ⓓ

▶ 閱讀

11 (1) 누구예요?　　(2) 무슨 일 해요?

12 (1) 뭐예요?　　(2) 누구 거예요?

第 4 課

p.98

▶ 文法

1 식당　　2 병원　　3 집에

4 약국에 있어요　　5 어디에

6 어디에 있어요　　7 위

8 왼쪽/옆　　9 사이

▶ 聽力

10 ⓐ 제인 씨가 식당에 있어요.
ⓑ 제인 씨가 학교에 있어요.
ⓒ 제인 씨가 은행에 있어요.
ⓓ 제인 씨가 병원에 있어요.

055. mp3

10 ⓒ

11 A 책이 어디에 있어요?
B 책상 위에 있어요.
A 책상 위 어디에 있어요?
B 시계 옆에 있어요.

056. mp3

11 ⓑ

▶ 閱讀

12 ⓒ

第 5 課

p.108

▶ 文法

1 ⓐ　2 ⓑ　3 ⓐ　4 ⓑ

5 한　6 두　7 다섯 잔

8 (1) 있어요　(2) 몇 개

9 (1) 있어요　(2) 몇 명 있어요

▶ 聽力

Ex. 의자가 세 개 있어요.
10 동생이 네 명 있어요.
11 가방이 한 개 있어요.
12 표가 두 장 있어요.
13 책이 세 권 있어요.

062. mp3

10 네　11 한　12 두　13 세

14 가방 안에 안경하고 지갑하고 휴지가 있어요. 그런데 우산이 없어요.

063. mp3

14 ⓑ

▶ 閱讀

15 (1) 2　(2) 0　(3) 3　(4) 0　(5) 1

第 6 課

p.118

▶ 文法

1 육칠삼사에 오팔사이에요.

2 공일공에 사삼이팔에 구이육칠이에요.

3 이　4 시계가 아니에요

5 는　6 은

▶ 聽力

7 A 병원 전화번호가 몇 번이에요?
B 794-5269예요.

8 A 유진 씨 핸드폰 번호가 몇 번이에요?
B 010-4539-8027이에요.

069. mp3

7 ⓐ　8 ⓒ

9 A 폴 씨, 혹시 제인 씨 집 전화번호 알아요?
B 아니요, 몰라요.
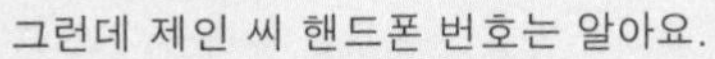
그런데 제인 씨 핸드폰 번호는 알아요.
A 핸드폰 번호가 몇 번이에요?
B 010-7934-8205예요.

070. mp3

9 ⓓ

▶ 閱讀

10 (1) ⓑ　(2) ⓐ

第 7 課

p.128

▶ 文法

1 칠월 십사일　2 시월 삼일

3 ⓑ　4 ⓐ　5 ⓑ

6 에　7 언제/무슨 요일에

▶ 聽力

8-9 A 파티가 언제예요?
B 8월 13일이에요.
A 금요일이에요?
B 아니요, 토요일이에요.

076. mp3

8 ⓒ　9 ⓑ

▶ 閱讀

10 ⓐ　11 ⓓ

第 8 課

p.138

▶ 文法

1 한 시 삼십 분이에요./한 시 반이에요.

2 네 시 사십오 분이에요.

3 여섯 시 오십 분

4 세 시 이십 분에

5 부터, 까지

6 아홉 시부터 열두 시까지

▶ **聽力**

7 5시 30분이에요.

8 2시 25분이에요.

9 7시 45분이에요.

082. mp3

7 8 9 

10 A 인호 씨, 몇 시에 회사에 가요?
B 10시에 가요.
A 그럼, 몇 시에 은행에 가요?
B 4시 20분에 가요.
A 그럼, 언제 집에 가요?
B 6시 반에 가요.

083. mp3

10 (1) 은행 (2) 10:00 (3) 6:30

▶ **閱讀**

11 (1) 9:30 (2) 한국어 수업
(3) 2:00 (4) 3:30~5:00
(5) 집

第 9 課

p.148

▶ **文法**

1 30분 2 1시간

3 2시간 40분

4 (1) 자동차로 (2) 45분

5 (1) 비행기로 가요 (2) 1시간 30분 걸려요

6 (1) 기차로 가요 (2) 3시간 걸려요

▶ **聽力**

7 ⓐ 비행기로 가요.
ⓑ 자동차로 가요.
ⓒ 자전거로 가요.
ⓓ 버스로 가요.

8 ⓐ 배로 가요.
ⓑ 지하철로 가요.
ⓒ 기차로 가요.
ⓓ 걸어서 가요.

089. mp3

9 ⓐ 집에서 회사까지 30분 걸려요.
ⓑ 집에서 학교까지 30분 걸려요.
ⓒ 집에서 회사까지 40분 걸려요.
ⓓ 집에서 학교까지 40분 걸려요.

7 ⓑ 8 ⓓ 9 ⓓ

▶ **閱讀**

10 ⓓ 11 ⓑ

第 10 課

p.158

▶ **文法**

1 구천오백 원이에요

2 십만 삼천 원이에요

3 얼마

4 얼마예요

5 (1) 얼마예요 (2) 한

6 (1) 얼마예요 (2) 두 개 주세요

▶ **聽力**

7 A 커피가 얼마예요?
B 6,700원이에요.

8 A 우산이 얼마예요?
B 38,500원이에요.

095. mp3

7 ⓓ 8 ⓑ

9 A 뭐 드시겠어요?
B 녹차 있어요?
A 죄송합니다, 손님. 녹차가 없어요.
B 그럼, 뭐 있어요?
A 커피하고 주스 있어요.
B 그럼, 커피 1잔 주세요. 얼마예요?
A 4,500원입니다.
B 돈 여기 있어요.

096. mp3

9 ⓒ

▶ **閱讀**

10 O 11 X 12 X 13 X

第 11 課

p.168

▶ **文法**

1 ⓑ　　2 ⓐ　　3 (1) 에　(2) 에서

4 (1) 에　(2) 에서　　5 (1) 에　(2) 에서

6 친구하고　　7 혼자

▶ **聽力**

8 ⓐ 일해요.　ⓑ 식사해요.
　ⓒ 얘기해요.　ⓓ 여행해요.

9 ⓐ 노래해요.　ⓑ 운동해요.
　ⓒ 전화해요.　ⓓ 요리해요.

102. mp3

8 ⓐ　　9 ⓒ

10 A 누구하고 식사해요?
　B ________________

103. mp3

10 ⓒ

▶ **閱讀**

11 X　　12 X　　13 O

14 O　　15 X

第 12 課

p.178

▶ **文法**

1 ⓐ　　2 ⓑ　　3 ⓑ　　4 ⓑ

5 (1) 끝나요　(2) 먹어요
　(3) 봐요　(4) 자요

6 (1) 가르쳐요　(2) 있어요
　(3) 만나요　(4) 마셔요

7 을　　8 를　　9 을　　10 를

▶ **聽力**

11 폴 씨가 운동해요. 그다음에 샤워해요.
　그다음에 밥을 먹어요.
　그다음에 책을 읽어요.

109. mp3

11 (4), (1), (3), (2)

▶ **閱讀**

12 ⓑ → 식사를 해요 (식사해요)
　ⓓ → 중국어
　ⓖ → 광주

第 13 課

p.188

▶ **文法**

1 ⓐ　　2 ⓑ　　3 ⓐ　　4 ⓑ

5 안 바빠요　　6 안 피곤해요

7 운동 안 해요　　8 그래서

9 그런데　　10 그리고

▶ **聽力**

11 제인이 일해요. 운동 안 해요.
　핸드폰을 봐요. 친구를 안 만나요.
　전화 안 해요. 공부해요.
　책을 안 읽어요. 음악을 들어요.

115. mp3

11 핸드폰을 봐요, 공부해요, 음악을 들어요

12 ⓐ 바빠요.　ⓑ 길어요.
　ⓒ 멀어요.　ⓓ 추워요.

116. mp3

12 ⓐ

▶ **閱讀**

13 ⓐ　　14 ⓒ　　15 ⓑ

第 14 課

p.198

▶ **文法**

1 (1) 읽었어요　(2) 재미있었어요

2 (1) 했어요　(2) 많았어요

3 (1) 왔어요　(2) 배웠어요

4 7시간　　5 일주일/7일 동안

6 3년 동안　　7 산이, 바다

8 축구가

▶ 聽力

122. mp3

9 A 어제 제인 씨를 만났어요?
B ⓐ 제인 씨가 어때요?
ⓑ 아니요, 안 만났어요.
ⓒ 네, 제인 씨가 아파요.
ⓓ 제인 씨가 캐나다 사람이에요.

10 A 냉면하고 비빔밥 중에서 뭐가 더 좋아요?
B ⓐ 냉면이 비싸요.
ⓑ 식당에 가요.
ⓒ 비빔밥이 없어요.
ⓓ 비빔밥이 더 맛있어요.

9 ⓑ 10 ⓓ

▶ 閱讀

11 ⓓ 12 ⓑ

第 15 課

p.208

▶ 文法

1 ⓑ 2 ⓐ 3 ⓐ 4 ⓑ
5 만날 거예요 6 읽을 거예요
7 볼 거예요 8 같이 영화 못 봐요
9 같이 술 못 마셔요

▶ 聽力

128. mp3

10 내일 어디에 갈 거예요?
11 왜 같이 여행 못 가요?

10 ⓐ 11 ⓒ

▶ 閱讀

12 ⓑ 13 ⓒ

第 16 課

p.218

▶ 文法

1 ⓐ 2 ⓐ 3 ⓑ
4 ⓑ 5 ⓑ 6 ⓑ 7 ⓑ
8 ⓐ 9 ⓑ

▶ 聽力

134. mp3

10 ⓐ 일본 친구가 없어요.
ⓑ 일본 친구가 많아요.
ⓒ 일본 사람이 아니에요.
ⓓ 일본어 얘기가 어려워요.

11 ⓐ 자동차가 있어요.
ⓑ 운전할 수 있어요.
ⓒ 자동차가 필요해요.
ⓓ 운전을 배울 거예요.

10 ⓑ 11 ⓓ

▶ 閱讀

12 ⓑ

第 17 課

p.228

▶ 文法

1 ⓓ 얘기해 주세요 2 ⓑ 빌려주세요
3 ⓐ 기다려 주세요
4 태권도요 5 시험요
6 못 들었어요 7 못 봤어요
8 못 들었어요 9 못 봤어요

▶ 聽力

140. mp3

10 ⓐ 다시 들어 주세요.
ⓑ 빨리 들어 주세요.
ⓒ 천천히 말해 주세요.
ⓓ 천천히 들어 주세요.

11 ⓐ 테니스를 배워 주세요.
ⓑ 테니스를 가르쳐 주세요.
ⓒ 테니스를 연습해 주세요.
ⓓ 테니스 라켓을 빌려주세요.

12 ⓐ 핸드폰을 받아 주세요.
ⓑ 전화번호를 말해 주세요.
ⓒ 조금 전에 전화해 주세요.
ⓓ 조금 후에 전화해 주세요.

10 ⓒ 11 ⓑ 12 ⓓ

▶ 閱讀

13 (ⓑ) → (ⓐ) → (ⓓ) →(ⓒ)

第 18 課

p.238

▶ **文法**

1 쉬고 싶어요　　2 먹고 싶어요

3 얘기하고 싶어요

4 (1) 먹어 봤어요　(2) 먹어 보세요

5 (1) 입어 봤어요　(2) 입어 보세요

▶ **聽力**

6 김치가 맵지 않아요?

7 한국어 공부가 어렵지 않아요?

146. mp3

6 ⓑ　　7 ⓓ

▶ **閱讀**

8 ⓓ　　9 ⓑ

第 19 課

p.248

▶ **文法**

1 (1) 걸으세요　(2) 드세요/잡수세요

2 (1) 마시지 마세요　(2) 피우지 마세요

3 (1) 없습니다　(2) 먹습니다

(3) 마십니다　(4) 봅니다

4 ⓐ　　5 ⓑ

▶ **聽力**

6-7 A 명동에 가 주세요.

B 명동 어디요?

A 저기 신호등에서 오른쪽으로 가세요.

B 그다음은요?

A 병원에서 왼쪽으로 가세요.

그리고 은행 앞에서 세워 주세요.

B 네, 알겠습니다.

A 얼마예요?

B 7,400원입니다.

A 여기 있어요. 수고하세요.

B. 감사합니다. 안녕히 가세요.

152. mp3

6 ⓒ　　7 ⓑ

▶ **閱讀**

8 ⓒ　　9 ⓐ

第 20 課

p.258

▶ **文法**

1 (1) 가세요　(2) 좋아하셨어요

(3) 좋아하세요　(4) 드셨어요/잡수셨어요

(5) 드세요/잡수세요 (6) 주무셨어요

(7) 주무세요

2 (1) ⓐ　(2) ⓑ

3 (1) ⓐ　(2) ⓑ

4 배우세요

5 어려우세요

6 드셨어요

▶ **聽力**

7-8 A 신촌 식당입니다.

B 저, 예약돼요?

A 네, 됩니다. 언제 오실 거예요?

B 오늘 저녁 7시에 갈 거예요.

A 몇 명 오실 거예요?

B 3명요.

A 성함이 어떻게 되세요?

B 제인 브라운입니다.

A 연락처가 어떻게 되세요?

B 010-3780-9254입니다.

A 예약됐습니다. 6시 50분까지 오세요.

B 네, 알겠어요.

158. mp3

7 ⓑ　　8 ⓓ

▶ **閱讀**

9 ⓓ

關鍵句型速記

目 錄

01
你叫什麼名字？
이름이 뭐예요?

159.mp3

名字 / 職業 / 標題	是什麼？
名字	
職業	是什麼？
標題	

이름 / 직업 / 제목	이 뭐예요?
이름	
직업	이 뭐예요?
제목	

興趣 / ID	是什麼？
興趣	是什麼？
ID	

취미 / 아이디	가 뭐예요?
취미	가 뭐예요?
아이디	

★ 這是什麼東西？

★ 이게 뭐예요?

02
這是什麼書？
이게 무슨 책이에요?

160.mp3

這是什麼 書？ / 禮物？

이게 무슨 책 / 선물 이에요?

這是什麼 電影？ / 咖啡？

이게 무슨 영화 / 커피 예요?

★ 這是什麼意思？

★ 이게 무슨 뜻이에요?

03

那位是誰？

저분이 누구예요?

中文		한국어	
那位 這位 老師	是誰？	저분 이분 선생님	이 누구예요？
馬克 朋友	是誰？	마크 씨 친구	가 누구예요？

04

這個的英文是什麼？

이게 영어로 뭐예요?

中文			한국어		
這個的	英文 韓文	是什麼？	이게	영어로 한국어로	뭐예요?
那個的	英文 韓文	是什麼？	저게	영어로 한국어로	뭐예요?

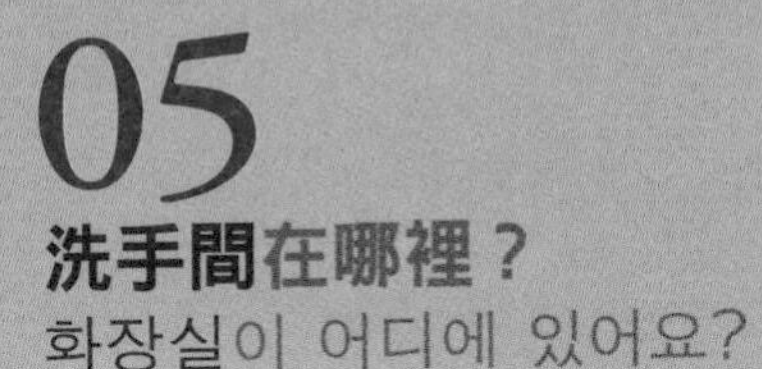

05 洗手間在哪裡？
화장실이 어디에 있어요?

163.mp3

	在哪裡？		이 어디에 있어요?
洗手間		화장실	
地鐵站	在哪裡？	지하철역	이 어디에 있어요?
便利商店		편의점	

興自動販賣機	在哪裡？	자판기	가 어디에 있어요?
售票口		매표소	

06 這附近有地鐵站嗎？
이 근처에 지하철역 있어요?

164.mp3

	地鐵站			지하철역	
這附近有	藥局	嗎？	이 근처에	약국	있어요？
	停車場			주차장	

這附近有	餐廳	嗎？	이 근처에	식당	있어요？
	公園			곤원	

우산 여기 있어요.
165.mp3

07
雨傘給你。
우산 여기 있어요.

雨傘 手機 照片 錢 資料	給你。	우산 핸드폰 사진 돈 서류	여기 있어요.

가족이 모두 몇 명이에요?

08
家裡一共有多少人？
가족이 모두 몇 명이에요?

166.mp3

一共有幾位	家人 學生 客人	？	가족 학생 손님	이 모두 몇 명이에요？
一共有幾名	同事 朋友	？	동료 친구	가 모두 몇 명이에요？

들어가도 돼요?

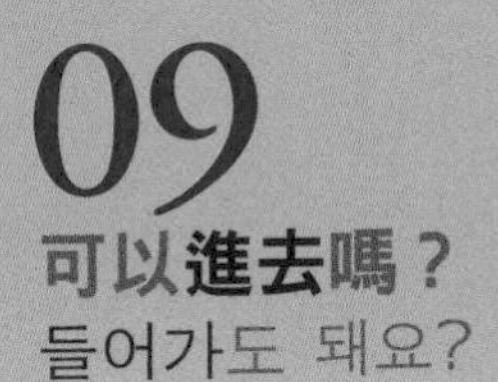

09
可以進去嗎？
들어가도 돼요?

167.mp3

可以	進去 吃 喝 打電話 借	嗎？

들어가다	들어가도	돼요？
먹다	먹어도	
마시다	마셔도	
전화하다	전화해도	
빌리다	빌려도	

커피 드릴까요?

10
要給您咖啡嗎？
커피 드릴까요?

168.mp3

要給您	咖啡 水 綠茶 喝的東西 吃的東西	嗎？

커피 물 녹차 마실 거 먹을 거	드릴까요？

11

你知道保羅的電話號碼嗎？
혹시 폴 씨 전화번호 알아요?

169.mp3

你知道	保羅的電話號碼 保羅的家 保羅的公司 保羅的聯絡方式 保羅的電子信箱	嗎？	혹시	폴 씨 전화번호 폴 씨 집 폴 씨 회사 폴 씨 연락처 폴 씨 이메일	알아요 ?

12

電話號碼是幾號？
전화번호가 몇 번이에요?

170.mp3

電話號碼 護照號碼 銀行帳號 公車	是幾號？	전화번호 여권번호 계좌번호 버스	가 몇 번이에요 ?
座位	是幾號？	좌석	이 몇 번이에요 ?

생일이 언제예요?

13

生日是什麼時候？

생일이 언제예요?

生日 大年初一 中秋節	是什麼時候？	생일 설날 추석	이 언제예요?
休假 慶典	是什麼時候？	휴가 축제	가 언제예요?

주말에 시간 있어요?

14

週末有時間嗎？

주말에 시간 있어요?

週末有	時間 約定 會議 聚會 約會	嗎？	주말에	시간 약속 회의 모임 데이트	있어요?

생일 축하합니다.

15
祝你生日快樂。
생일 축하합니다.

173.mp3

恭喜你 生日 / 結婚 / 升遷。/ 畢業。/ 考試合格。

생일 / 결혼 / 승진 / 졸업 / 합격 축하합니다.

지금이 몇 시예요?

16
約定是幾點？
약속이 몇 시예요?

174.mp3

約會 / 上課 / 表演 是幾點？

약속 / 수업 / 공연 이 몇 시예요?

會議 / 電影 是幾點？

회의 / 영화 가 몇 시예요?

★ 現在是幾點？

★ 지금 몇 시예요?

17

幾點去公司？
몇 시에 회사에 가요?

175.mp3

幾點去	公司 學校 機場 公園	？	몇 시에	회사 학교 공항 공원	에 가요？
幾點回	家	？	몇 시에	집	에 가요？

지금 어디에 가요?

18

現在要去哪？
지금 어디에 가요?

176.mp3

現在 早上 下午 晚上 週末	要去哪？	지금 아침에 오후에 저녁에 주말에	어디에 가요？

19
花費三十分鐘。
삼십 분 걸려요.

177.mp3

花費	三十分鐘。	삼십 분	걸려요.
	一小時。	한 시간	
	三天。	삼 일	
	一個月。	한 달	
	兩年。	이 년	

20
書太貴了。
책이 너무 비싸요.

178.mp3

書	太	貴了。	책	이 너무	비싸요.
餐點		辣了。	음식		매워요.
考試		難了。	시험		어려워요.
天氣	太	冷了。	날씨	가 너무	추워요.
電影		無聊了。	영화		재미없어요.

21
咖啡多少錢？
커피가 얼마예요?

咖啡 計程車費 房租	多少錢？	커피 택시비 월세	가 얼마예요？
書 包包	多少錢？	책 가방	이 얼마예요？

★ 這個多少錢？

★ 이게 얼마예요?

22
請給我水。
물 주세요.

請給我	水。 收據。 帳單。	물 영수증 계산서	주세요.
請給我	一杯咖啡。 兩張票。	커피 한 잔 표 두 장	주세요.

23
在哪裡工作？
어디에서 일해요?

181.mp3

在哪裡	工作？ 生活？ 用餐？ 念書？ 和朋友見面？	어디에서	일해요？ 살아요？ 식사해요？ 공부해요？ 친구를 만나요？

24
一天打一次電話。
하루에 한 번 전화해요.

182.mp3

一天打 一週買 一週做 一個月看 一年去	一次	電話。 東西。 運動。 電影。 旅行。	하루 일주일 일주일 한 달 일 년	에 한 번	전화해요. 쇼핑해요. 운동해요. 영화를 봐요. 여행 가요.

친구하고
식사해요.

25

和朋友一起用餐。
친구하고 식사해요.

183.mp3

和	朋友 同事 家人 男朋友 女朋友	一起用餐。	친구 동료 가족 남자 친구 여자 친구	하고 식사해요.

한국 음식을 좋아해요.

26

我喜歡韓國菜。
한국 음식을 좋아해요.

184.mp3

我喜歡	韓國菜。 韓國音樂。	한국 음식 한국 음악	을 좋아해요.
我喜歡	韓國電影。 韓國朋友。 韓國天氣。	한국 영화 한국 친구 한국 날씨	를 좋아해요.

내일은 어때요?

27

明天怎麼樣？
내일은 어때요?

185.mp3

明天 / 今天 / 週末	怎麼樣？		내일 / 오늘 / 주말	은 어때요？
咖啡 / 電影	怎麼樣？		커피 / 영화	는 어때요？

같이 식사해요.

28

一起用餐吧。
같이 식사해요.

186.mp3

一起	用餐 / 看電影 / 喝咖啡 / 運動 / 去旅行	吧。	같이	식사해요. / 영화 봐요. / 커피 마셔요. / 운동해요. / 여행 가요.

29

請給我看一下T恤。

티셔츠 좀 보여 주세요.

請給我看一下	T恤。 帽子。 皮鞋。 護照。 照片。	티셔츠 모자 구두 여권 사진	좀 보여 주세요.

30

沒有其他顏色嗎？

다른 색은 없어요?

沒有其他	顏色 樣式 款式	嗎？	다른	색 스타일 디자인	은 없어요?
沒有其他	尺寸 品牌	嗎？	다른	사이즈 브랜드	는 없어요?

★沒有其他的嗎？

★다른 건 없어요?

31
喉嚨痛。
목이 아파요.

189.mp3

喉嚨 膝蓋	痛。	목 무릎	이 아파요.
頭 肚子 肩膀	痛。	머리 배 어깨	가 아파요.

32
拌飯最好吃了。
비빔밥이 제일 맛있어요.

190.mp3

拌飯 手機	最	好吃 貴	了。	비빔밥 핸드폰	이 제일	맛있어요. 비싸요.
口說 聽力	最	有趣 難	了。	말하기 듣기	가 제일	재미있어요. 어려워요.

★最喜歡韓國烤肉了。

★불고기가 제일 좋아요.

지하철이 버스보다 더 편리해요.

33

地鐵比公車更方便。

지하철이 버스보다 더 편리해요.

地鐵	比	公車	更	方便。
春天	比	夏天	更	好。
首爾	比	釜山	更	冷。

지하철	이	버스	보다 더	편리해요.
봄	이	여름	보다 더	좋아요.
서울	이	부산	보다 더	추워요.

咖啡	比	綠茶	更	好喝。
電影	比	話劇	更	有趣。

커피	가	녹차	보다 더	맛있어요.
영화	가	연극	보다 더	재미있어요.

여행 어땠어요?

34

旅行怎麼樣？

여행이 어땠어요?

旅行	怎麼樣？
出差	怎麼樣？
考試	怎麼樣？

여행	이 어땠어요?
출장	이 어땠어요?
시험	이 어땠어요?

派對	怎麼樣？
發表	怎麼樣？

파티	가 어땠어요?
발표	가 어땠어요?

35
你能說英語嗎？
영어를 할 수 있어요?

你能 說英語 / 教我韓語 / 幫助我 嗎？

하다	영어를 할	수 있어요？
가르쳐 주다	한국어를 가르쳐 줄	
도와주다	도와줄	

你能 吃豬肉 / 自己找到路 嗎？

먹다	돼지고기를 먹을	수 있어요？
찾다	혼자 길을 찾을	

36
去看電影。
영화 보러 가요.

去 看電影。 / 用餐。 / 喝咖啡。

보다	영화 보러	가요．
식사하다	식사하러	
마시다	커피 마시러	

去 吃午飯。 / 領錢。

먹다	점심 먹으러	가요．
찾다	돈을 찾으러	

천천히 말해 주세요.

37 請說慢一點。

천천히 말해 주세요.

195.mp3

請	說慢一點。	말하다	천천히 말해	주세요.
	稍等一下。	기다리다	잠깐 기다려	
	再說一遍。	얘기하다	다시 한 번 얘기해	
	仔細說明。	설명하다	자세히 설명해	
	告訴我怎麼走。	가르치다	길을 가르쳐	

어렵지 않아요?

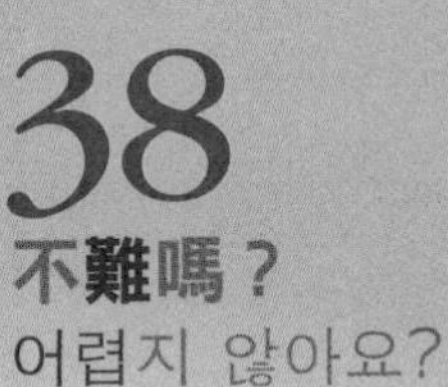

38 不難嗎？

어렵지 않아요?

196.mp3

不	難	嗎？	어렵다	어렵지	않아요？
	遠		멀다	멀지	
	貴		비싸다	비싸지	

不	累	嗎？	피곤하다	피곤하지	않아요？
	餓		배고프다	배고프지	

제주도에 가
봤어요?

39
你去過 KTV 嗎？
노래방에 가 봤어요?

197.mp3

你	去過	KTV	嗎？
	吃過	拌飯	
	做過	韓國菜	
	用過	韓國化妝品	
	在韓國	旅行過	

가다	노래방에 가	봤어요？
먹다	비빔밥을 먹어	
만들다	한국 음식을 만들어	
쓰다	한국 화장품을 써	
하다	한국에서 여행해	

★ 你看過韓國電影嗎？

★ 한국 영화를 봤어요?

예약돼요?

40
可以預約嗎？
예약돼요?

198.mp3

可以	預約	嗎？
	刷卡	
	換錢	
	取消	
	退換	

예약	돼요？
카드	
환전	
취소	
교환	

★ 可以修理嗎？

★ 수리돼요?

索引

[ㅂ]

[ㅃ]

[ㅅ]

[ㅆ]

[ㅇ]

[ㅈ]

[ㅎ]

台灣廣廈 國際出版集團
Taiwan Mansion International Group

國家圖書館出版品預行編目（CIP）資料

全新！我的第一本韓語課本. 初級篇(QR碼行動學習版)/吳承恩著. -- 2[版].
-- 新北市：國際學村出版社, 2023.07
面；　公分
ISBN 978-986-454-285-7(平裝)

1.CST: 韓語 2.CST: 讀本

803.28　　112005786

國際學村

全新！我的第一本韓語課本【初級篇：QR碼修訂版】

作　　者／吳承恩
譯　　者／夏曉敏、郭于禎
編輯中心編輯長／伍峻宏
編輯／邱麗儒
封面設計／林珈伃・內頁排版／菩薩蠻數位文化有限公司
製版・印刷・裝訂／東豪・弼聖・秉成

行企研發中心總監／陳冠蒨
媒體公關組／陳柔彣
綜合業務組／何欣穎
線上學習中心總監／陳冠蒨
數位營運組／顏佑婷
企製開發組／江季珊

發 行 人／江媛珍
法律顧問／第一國際法律事務所 余淑杏律師・北辰著作權事務所 蕭雄淋律師
出　　版／國際學村
發　　行／台灣廣廈有聲圖書有限公司
地址：新北市235中和區中山路二段359巷7號2樓
電話：（886）2-2225-5777・傳真：（886）2-2225-8052
讀者服務信箱／cs@booknews.com.tw

代理印務・全球總經銷／知遠文化事業有限公司
地址：新北市222深坑區北深路三段155巷25號5樓
電話：（886）2-2664-8800・傳真：（886）2-2664-8801
郵政劃撥／劃撥帳號：18836722
劃撥戶名：知遠文化事業有限公司（※單次購書金額未達1000元，請另付70元郵資。）

■出版日期：2023年07月・版次：2版
2024年08月・版次：2版5刷
ISBN：978-986-454-285-7